株式会社ネバーラ北関東支社

瀧 羽 麻 子

幻冬舎文庫

目次

株式会社ネバーラ北関東支社

わたしは毎日、七時五十五分のバスに乗る。

遅れるわけにはいかない。なぜなら、これを逃すと次のバスは八時五十五分までやってこないからだ。

バス停はアパートのすぐ目の前にある。ちょうどわたしの身長くらいの高さの木の看板に、時刻表を挟んだクリアファイルがテープで貼り付けてあるという、いたって素朴な形状のものだ。これとおそろいの立て札が、駅前を除くこの路線のすべての停留所に立っている。

わたしが乗り込むときには車内はとても混《こ》んでいるけれど、公立高校の名前のついた次のバス停で生徒たちがどやどやと降りてしまうと急にがらんとなる。このバスに乗る顔ぶれはほぼ決まっていて、たいてい皆それぞれの定位置に座る。わたしの席は右側の前から三番目、ひとりがけの席だ。

高校の次のバス停で杉本課長が乗ってくる。三週間前にわたしの上司になったひとである。

「おはようございます」

わたしはきちんと挨拶する。最初の日は立ち上がっておじぎもしてみたのだけれど、危ないからやめなさいと注意されてしまい、それ以来座ったままで頭を軽く下げるだけにしている。この乗り物では運転手の指示は絶対なのだ。

課長の席は、通路を挟んでわたしの隣になる。こちらはふたりがけで、課長の体型にはちょうどいい。

「おはようございます」

課長は快活に言い、その軽やかな口ぶりとは対照的に、どすんと鈍い音を立てて腰を下ろす。かばんを体の横に置くと、席にはもはや余裕はない。課長のくたびれた革かばんは持ち主に負けず劣らずいつもぱんぱんにふくらんでいるが、なにが入っているのかはわたしは知らない。

「どうですか、だいぶここにも慣れてきましたか」

丸い顔をこちらに向けて、課長が声をかけてきた。

「はい、おかげさまで」

なるべく感じよく聞こえるように注意しながら答え、それはよかった、とこちらは声に出さずに続ける。他の乗客も皆同じように、それはよかった、と心の中で唱えているはずだ。一拍遅れて、課長の口癖がバスの中に響いた。

「それはよかった」

いつもの朝だ、とわたしは穏やかな気持ちになる。たぶん他のひとたちも。

この先のやりとりは、日によってバージョンが異なる。異なるとはいえ数パターンしかないので、周りのひとたちは落ち着いて聞いていると思う。といっても、わたしたちの会話を盗み聞くというのではなく、むしろ聞かされているというほうが正しい。他に話をする乗客がいないのと、課長の声が大きすぎるせいだ。

「どうですか、いっそいい相手でもみつけて、ここに永住するっていうのは」

あはは、とわたしは小さく笑い、

「じゃあ、いいひとがいたら紹介して下さいね」

と、答えた。日によっては、土地が安いから家を建てちゃったらどうかとか、地元の催しものに参加してみたらどうかと言われることもある。いずれにせよ、わたしの答えは基本的にポジティブだ。

もちろん、ここに根づくつもりなんてない。でも、他に行く場所があるわけでもない。そうなると、なるべくあたりさわりなくつつがなく日々の生活を営んでいくことが、わたしの目下の最重要課題なのだ。

枯草色の畑の中の道をしばらくまっすぐ行くと、唐突に駅前に出る。ロータリーからは、さびれた商店街の入り口と、小さなスーパーと、定食屋とラーメン屋と居酒屋が見える。

「ハヴァナイスデイ」

課長はバスが停まると同時にそう言い残し、どしんどしんと足音を立てながら降りていく。ひと足ごとに、バスの車体がかすかに揺れる。わたしが来る以前も、たとえば白髪の運転手に向かって同じ言葉をかけていたのか、少し気になる。

ハヴァナイスデイ。

直訳すると、良い一日を送って下さい、という意味になる。日本語だと、ごきげんよう、といったところだろうか。

初めて課長の口からその言葉が出てきたとき、わたしはだいぶ面食らった。英語の挨拶が、このバスや周りの町の風景とどうしても重ならなかったのだ。でももうすっかり慣れてしまったので、どうということはない。最初の数日間のように、「なぜ英語……」

課長の後姿に向かって呆然《ぼうぜん》とつぶやくようなことも、今はもうない。人間の適応能力は侮れない。それはここに引っ越してきてからというもの、わたしが毎日実感していることだ。

それでも、ハヴァナイスデイ、を聞くたびにわたしは前の会社のことを思い出す。外資の証券会社で、わたしの上司はインド人、社長はドイツ人だった。

信じられないことだけれど、一か月前にはわたしはまだ東京にいたのだ。住んでいたのは恵比寿でオフィスは丸の内、新卒で入社して七年間勤めた。辞めたときのわたしの肩書きはマネージャーで、さまざまな国籍を持つ六人の部下がいた。

バスが駅前に停車する時間は五分くらいだ。その間に駅に電車が到着して、また何人か新たな乗客が加わる。わたしはここから電車に乗ったことはないけれど、今の時間だと上り線と下り線が一時間に一本ずつあるらしい。

八時十分きっかりに、バスは再び発車する。

町の中心部は小高い丘になっていて、わたしの会社はそのほぼてっぺんにある。バスはぐるっと丘を迂回《うかい》しながら上っていくので時間がかかるが、駅からの直線距離はたいしたことはない。課長のように、運動がてら徒歩で上っていく社員もいる。ただ、近いとはいえかなり急な坂道で、わたしはとっくにあきらめていた。

「ダイエットにいいですよ」

課長にしきりとすすめられても、笑顔で断ることにしている。ちなみに当の本人は、駅前で降りていくときは威勢がいいのに、会社の玄関で顔を合わせると赤い顔で息もたえだえになっている。つらそうなわりには効果が上がっているように見えない。

八時二十八分、会社の前にバスが到着する。三階建ての四角い建物にこれといった特徴はない。古いけれどそれは趣が出る類《たぐい》の古びかたではもちろんなく、かといってうら寂しくなるほどおんぼろでもない。壁の薄灰色はごくごく淡く、もともと白かった名残《なごり》を残している。門のところにある社名の入った金属のプレートは少しくすんでいるものの、文字がすりへったり欠けたりはしていない。

ぞろぞろと降りる二十人ほどは、皆ここの社員である。おはようございます、と最近増えてきた顔見知りのひとたちに会釈をしながら、わたしはデスクに向かう。経営企画部は、表玄関を入ってすぐの階段を二階に上り、廊下をまっすぐ行ったつきあたりにある。

一日の仕事がスタートするのは、八時四十五分。

まず初めに簡単な朝礼、続けてラジオ体操である。スピーカーから大音量で音楽が流れてくるのに最初はびっくりしたけれど、これにも慣れた。社員全員が真剣な顔で腕を振り回したり足を曲げたりしている光景にももう驚かない。東向きの窓からさしこんでくる朝日を受けて、壁にいくつものシルエットが伸び縮みする。

ラジオ体操というのは、準備運動としてなかなかうまくできていると思う。唯一の難点は、だらだらやっているとわびしい気持ちになってくることかもしれない。わたしはできるだけきびきびと体を動かす。

九時には電話をオンにして、通常の業務が始まる。

転職先にこの会社を選んだ決め手は、東京で面接をするにもかかわらず、勤務地は地方で確定しているところだった。わたしが調べた中では、地方支社はその地域で独自に採用活動をしているケースが多かった。逆に東京で選考が行われる場合、まずは東京本社勤務になることがほとんどのようだった。

当時わたしは引き継ぎに追われていた。地方に面接を受けにいくのは物理的に不可能で、でも同時に、なるべく東京から離れたところで働きたいというのがほとんど唯一の希望だった。しかも、できれば大阪や名古屋といった大都市ではなく、もっとこぢんまりとした町に行きたかった。それがかなえられるのであれば、業種や職種に特にこだわるつもりはなかった。

履歴書を送ってすぐに連絡が来て、わたしは東京のはずれにある本社オフィスまで出かけた。これといって特徴のない五階建てののっぺりした建物で、眠そうな顔をした受付嬢が応対してくれた。

案内された会議室でわたしが待っていると、つやつやと血色のいい太ったおじさんと幸薄そうなはげ頭のおじさんが入ってきた。

「いやあ、はるばるありがとうございました」

ふたりとも、最初からやたらと愛想がいい。二つ三つ平凡な質問に答え、軽く雑談をしただけで、三十分ほどで面接は終わった。

「本日はどうもありがとうございました」

ふたりは最後まで笑顔のままでわたしを見送ってくれた。裏になにかあるのではないかと思わず深読みしてしまいたくなるほどの、満面の笑みだった。わたしも自分が面接官を経験したことがあるのでわかるのだけれど、面接の後の笑顔には二パターンある。絶対に合格の場合、あるいは、絶対に不合格の場合。迷いがない分、受験者にいい印象を残すことに集中できるのだ。だめかもしれないな、とふっと弱気になったのには、しかし他にも理由がある。

実を言うと、わたしが話した内容はほとんどが嘘だった。

学歴や勤務先の会社名といった経歴はさすがにごまかせなかったものの、今の仕事の中身や肩書きや部下の人数をそのまま言ってしまっては、ここでは雇ってもらえない気がした。かわりに、細々とした雑用を頼んでいる派遣社員のことを思い浮かべ、彼女になりきって話した。

この会社は、健康食品の下請メーカーだ。大手の食品メーカー向けに、半完成品を納入している。会社名が直接消費者の目にふれることはないので、わたしもそれまで名前を聞いたことはなかった。取り扱っている品目はいろいろあるらしいが、わたしはまだ完全には把握しきれていない。売上のほぼ八割を占める主力商品が納豆であるということだけ知っている。

「納豆は今や国民食ですから」

面接官は胸を張っていた。

「栄養があって、ローカロリー」

「しかも低価格でお求めやすい」

「そう、まさに庶民のための理想的な食べものなのです」

ふたりの息はまるで掛け合い漫才のようにぴったりだった。はあ、とわたしはあいまいに作り笑いをした。まさかそこで納豆が嫌いだとうちあけられるはずはなかった。わたしはあのねばねばがどうも苦手だ。

ちなみに社名はネバーラという。そのまんまじゃん、とも言えず、

「ぴったりの社名ですね」

苦しまぎれにコメントすると、そうなんですよ、と太ったほうのおじさんが大きくうなずいた。

「ネバーランド」

「は？」

「夢の国、ネバーランドの略なんです」

その意図は絶対に伝わらないとわたしは思った。


次の日には電話があって、採用はあっさりと決まった。拍子抜けした気分だった。これで就職先は決まったものの、給料が何分の一かに減ってしまうとか、あと一週間のうちに荷物をまとめて引っ越さなければいけないとか、解決しなければならない問題はまだ山のようにあった。でも、贅沢は言っていられない。わたしは一刻も早く東京から脱出したかった。とりあえず新しい場所にたどり着きさえすれば、事態は好転するような気がしていた。

会社の借り上げアパートにちょうど空《あ》きが出たとかで、住むところはすんなりと決まった。下見に来たらどうかと先方には言われたけれど、面倒なので図面だけ送ってもらった。面積は東京のマンションよりも広いくらいのその部屋の家賃は、それまでの三分の一以下だった。

年末に、ばたばたと引っ越した。

周囲には、転職先はもちろん引っ越すことすら知らせなかった。そもそも、ネバーラという名前を知っている知りあいがいるとも思えない。実家にだけ、緊急の連絡先として会社の電話番号とアパートの住所を渡した。

両親はわたしの決断に対してノーコメントだった。もう何年も、彼らはこのスタンスを貫いている。


一月五日の初出社の日は、人事部の担当者が受付で出迎えてくれた。

「それでは簡単なガイダンスをします」

かすかにこの土地のなまりがまじっている。語尾や言い回しにはわかりやすい違いはないものの、アクセントが標準語とは微妙にずれているのだ。ガイダンスと聞いてキャリアパスや給与体系についての話を予想していたら、ロッカーの使いかたやゴミの分別のしかたを丁寧に説明された。

その後が配属部署での顔合わせだった。

経営企画部のスタッフはわたしを入れて五人いる。正社員は三人で、杉本課長とわたし、そしてもうひとり、沢森くんという男性社員である。今年で二十八になるというからわたしよりひとつ年下なのだけれど、見た目はもっとずっと若い。くりくりとした丸い目と赤い頰のせいだろうか、新入社員といっても通りそうだ。ひょろ長い体型は、背が低くてどんと横にボリュームのある課長と対照的である。

女性陣は、パートの西川さんと事務員のマユミちゃんのふたりになる。西川さんは四十代後半、いかにも頼れるお母さんという雰囲気（実際、高校生の娘と大学生の息子がいるそうだ）で、常に笑顔をたやさない。マユミちゃんは高卒で、今年が二年目だというから、まだ二十歳そこそこだろう。さらさらのショートカットに小動物系の愛くるしい顔立ちをしている。近寄ってみると、ナチュラルではあるが念入りなベースメークをしているのがわかる。

バラエティー豊かというかとりとめのないというか、微妙なメンバー構成ではあるのだけれど、不思議と居心地は悪くない。

おそらく一番大きいのは、わたし以外の四人の仲がいいということだ。新参者のわたしに対して、協力してあれこれ気を遣ったり世話をしたりしてくれる。基本的に四人とも面倒見が良く、人見知りをしないタイプのようだった。まだ三週間だからすべてがわかったわけではないかもしれないけれど、少なくとも人間関係に関しては、すべり出しはまずまず順調に思える。

バラエティー豊か（もしくはとりとめのない）という表現は、仕事の内容についてもあてはまる。「経営企画」という名前がついてはいるものの、実質的にはなんでも屋と言ったほうがぴんとくるくらいだ。商品コンセプトのアイディア出しや予算の管理といったオーソドックスな仕事もあれば、取引先からのクレームを受けたり細かい雑用をこなしたりもする。

新米のわたしは、言われたことをそのままやっていればいいだけなので、この部署の全貌がわかるのはまだ先のことになりそうだ。正直に言うと特にわかりたいとも思えないのだが、そんなやる気のなさはそっとしておくに越したことはない。

「期待の新星です」

わたしの自己紹介に続けて、課長はにこやかに言い添えた。それで少しおじけづいたのだけれど、今のところはのんびりと毎日が過ぎていく。東京でわたしが百パーセントの力で働いていたとしたら（いや、百ではなく百五十パーセントと言ったほうがいいかもしれない）、今は二、三十パーセントくらいといったところだろうか。それでも世の中はうまく回っていくのだから、しゃかりきに張り切っていた自分がばかばかしくなってくる。

「弥生《やよい》ってことは、三月生まれですか？」

わたしがひととおりの挨拶を終えるなり、沢森くんがなぜか挙手して聞いた。唐突な質問にたじろぎながらも、はい、とわたしが答えると、

「じゃあ僕が直近ですね」

と言う。

直近？　わたしの疑問をよそに、

「僕は十二月二十四日のクリスマスイブ生まれです」

あとは課長が七月、西川さんが九月、マユミちゃんが十月、とぐるりと全員を見回しながら沢森くんは続けた。

「三月が入ると、だいぶバランスよくなりますね」

今まで年の後半に固まっていたから、とマユミちゃんが言った。

バランス？　わたしの頭上に、ふたつめのはてなマークが浮かんだ。ネバーラは、誕生日が重視される会社なのだろうか。それとも、この地方特有の風習なのだろうか。

いずれにせよ、郷に入っては郷に従え。仕事初めに備えて買った新しいノートの一

ページ目に、わたしは全員の誕生日を書きとめたのだった。

仕事はだいたい六時頃に終わり、朝と逆向きのルートでアパートに帰る。二、三日に一回は駅前で降りて、スーパーで買いものをする。

前の職場では、日付が変わるまで働くのがあたりまえだった。週に何度かは終電を逃し、タクシーで帰宅していた。そんなペースになじんでいたわたしは、ここに来た当初はとにかく時間を持て余した。

しかしいったん慣れてしまえば、ぬるい生活はゆとりがあって快適だった。家でゆったりと本を読んだり映画のＤＶＤを観たりしていると、学生の頃に戻ったような気分になる。東京で最後に小説を読んだのはいつのことだったか試しに思い出そうとしてみたけれど、記憶は定かではなかった。頭に浮かぶのは、実用書やビジネス雑誌のどぎついタイトルばかりだ。

このままでいいのだろうか、と不安になることがないではない。でも、前より給料が減ったとはいえ正社員として働いている。養わなければならない家族がいるわけでもないし、今までの貯金だってある。

それに、この町で暮らしていくのにそんなにお金はかからない。家賃を含め、物価そのものが全然違うし、自炊をするようになった。それから、東京でストレス発散のために使っていたお金がここでは必要ないというのも大きい。

東京にいた頃は、美味《おい》しいと評判の店を聞くたびに、仲間とタクシーを飛ばして食べに行った。深夜まで飲み歩き、高価な洋服やアクセサリーをばんばん買い、毎週エステに通っていた。あそこには手に入れるべきアイテムが無数にあった。RPGのゲームをクリアしていくための刀や薬草や宝石のように、必要なもの（もしくは、必要と思われるもの）を熱心に集めた。わたしだけでなく、周りの友人たちもそうだった。

そんな自分の生活を、わたしは気に入っていた。愛していたと言ってもいい。それなのに、確かにあったはずの充実感なり満足感なりを思い出すのはかなり難しいことになりつつある。

とにかく、とわたしはいつものように結論づける。少なくとも経済的には大丈夫なのだ。そんなに心配することはないし、あせることもない。十分に休養をとってから次を考えればいい。今はまだ、いろいろ頭を使う気にはなれない。

いろいろと思いをめぐらせているうちに、いつのまにかバスは駅前を通過してしまっていた。冷蔵庫の中身を思い浮かべ、しまった、とわたしは小さくため息をつく。明日の朝はヨーグルト抜きだ。

畑の中の一本道をバスは静かに走る。街灯がないので、日が暮れてしまうと本物の闇が広がっている。

わたしは目を閉じ、バスが真っ暗な中を進んでいく様子を想像してみた。外から眺めたら、あかりのともったこの四角い箱は美しいだろうか。それとも、もしかしたら、さびしげなのだろうか。

☘

「あんたか、東京から来たっちゅうおねえちゃんは」

二月に入ったばかりの土曜日、スーパーで買いものをした帰りにバスを待っていたら、見知らぬおばさんに話しかけられた。その勢いと耳慣れないアクセントに押されて素直にうなずくと、おばさんはじろじろとわたしの全身を見回して、ふん、と言った。

ネバーラの社員だろうか、それとも、近所に住んでいるのだろうか。どちらにしても、初対面の相手に対する態度としてはかなり大胆なほうだ。オレンジ色のダウンジャケットの下に赤いジャージを身につけ、ほぼ金色に近い茶髪、そして眉毛はほとんどない。そのいでたちの色あいといい雰囲気といい、なんとなくライオンを連想させる。百獣の王、年齢は不詳。

たぶん会社のひとではないな、とわたしは先ほど思い浮かべた可能性を修正した。はっきり言って、ちょっとこわい。

「あの」

それにしても、ふん、はないだろう。わたしは態勢を立て直し、勇気を出しておばさんの素性をたずねることにした。

「なに？」

なに、とあに、の中間のような、迫力のある返事が戻ってくる。やっぱりこわい。でも、ここで引き下がるのはもっと不自然だ。

「どちらさまでしょうか」

おばさんはきょとんとしてわたしを見つめ、ごめんごめん、とつぶやいた。そういや自己紹介がまだやった。

「桃子って呼んで」

桃子？　唐突に（しかもかわいらしい）ファーストネームを告げられてとまどうわたしに、

「あそこをやってんねん」

桃子さんはあごをしゃくって正面の居酒屋を示してみせた。

「店であんたの話がよう出るから、知りあいみたいな気いしてたわ」

にかっと笑うともうそんなに恐ろしげには見えず、むしろ客商売のひと特有の愛嬌がある。つられて微笑《ほほえ》むと、

「よかったら、寄ってかへん？」

桃子さんは返事を待たずにすたすたと歩き出した。その向こうに、乗るつもりだったバスがやってくるのが見える。

バスと桃子さんの後姿を見比べて少し考えてみたものの、考えるまでもなかった。急いで帰る必要はどこにもない。スーパーの袋を両手にぶらさげたまま、わたしはオレンジ色の背中を追いかけた。

店はひんやりと薄暗かった。桃子さんがぱちぱちとスイッチを押すと、天井から黄色い光が降ってくる。

「うー、寒い寒い」

店の主は急いでストーブをつけたけれど、ずっと外に立っていたわたしにはそんなに気にならない。

「適当にそのへんに座って」

うながされるままに、わたしはカウンターの端の席に腰かけた。店内を見回すと、古びた外観から想像していたよりもずっときちんと整理されているのがわかった。十席足らずのカウンターに、四人がけのテーブルがひとつ。壁にそって、日本酒や焼酎やらの大きなびんがずらりと並んでいる。ラベルがないのは手作りの梅酒かなにかだろうか、琥珀《こはくいろ》色の液体の中にまるい果実が沈んでいた。

「意外とかたづいてるやろ」

わたしがきょろきょろしていると、桃子さんはにやりと笑った。ダウンジャケットを無造作に脱いで椅子の背にかけ、カウンターの中に入る。予想したとおり、上も下とおそろいの赤いジャージだった。

「なに飲む？」

わたしが口を開こうとすると、間髪を入れずにつけ加える。

「言っとくけど、ワインとかそういうしゃれたもんはないで」

ごらんのとおり、日本酒と焼酎ならひととおりあるけど。ジャージ姿で一升瓶をかかげてみせる様子は、居酒屋のおかみというより体育会系の部活の主将のようだ。

「いえ、お茶かなにか」

わたしがおずおずと答えると、はあ？　と桃子さんは目を見開いた。

「あんた、お酒飲めへんの」

急に悲しそうな顔になる。

「飲まないことはないですけど」

「ああよかった、飲めへんわけじゃないんやね」

でもまだ昼間ですし、と言いかけたわたしを、桃子さんはほがらかにさえぎった。

「そんな固いこと言わんと、せっかく知りあえたんやから」

まあ、間を取ってビールにしとこか。桃子さんはくるりと身を翻し、奥の冷蔵庫からビールの中瓶とグラスを取り出した。間って、と無粋なことを口にする隙《すき》はもちろん与えず、さっさとふたり分を注《つ》いでわたしに片方を手渡してくれる。綺麗に盛り上がっている白い泡は、口をつけるのがためらわれるくらいだ。

「お近づきのしるしに」

乾杯、とグラスを合わせ、桃子さんはうきうきした調子でわたしの顔をのぞきこんだ。

「うれしいわあ、やっと本物に会えて」

「本物？」

「あんた、ちょっとした有名人やで」

桃子さんはおもしろそうに説明する。

「もともとひとの出入りが少ないし、東京から若い女の子が来たって大騒ぎや」

「…………」

この町では十分ありえる話だ。なんだか気恥ずかしい気もするけれど、別に実害はないし、しばらくしたら落ち着くだろう。それよりも若い女の子という表現のほうがくすぐったくて、わたしは無意味に照れてしまった。

思わずぐびぐびとビールを飲み干すと、

「おっさんみたいな飲みかたするなあ」

と、桃子さんに目を丸くされた。


店の名前が「なにわ」だというのは、月曜日に知った。

「弥生さん、なにわに行ったでしょ」

沢森くんにいきなり言われ、わたしはびっくりして聞き返した。

「なにわ？」

「駅前のちっちゃい居酒屋ですよ」

大丈夫でした？　と少し心配そうにたずねられて、不思議に思って問い返す。

「どうしてですか」

「桃子さん、ちょっと個性が強いから」

ちょっと、という表現はひかえめすぎるかもしれない。でも楽しかった。わたしの答えに、よかった、と沢森くんは笑顔になった。僕もよく行くので、今度一緒に飲みましょう。

「桃子さん、弥生さんのことをすっかり気に入っちゃったみたいで」

「少し話をしただけですよ」

正確には、桃子さんの話をわたしが聞いていたというべきだろう。

「やっぱり都会のひととは気が合うって、はしゃいでましたよ」

それから、と沢森くんは困ったような表情を浮かべながらも、律儀に言葉を継ぐ。

「飲みっぷりも気に入ったらしいです」

わたしは黙るしかなかった。それにしても、なにわ、ときた。ネバーラと互角の、直球のネーミングだ。

おとといは結局、ふたりでビールを五本も空けてしまった。

「ビールはやっぱり夏のもんやけど、寒い日にがんがんに暖房つけて飲むんもこれはこれで好きやねん」

「わかります」

わたしがすかさず相槌《あいづち》を打つと、桃子さんは満足そうにした。

初対面のひとと昼間からお酒をのむという行為に対して、最初のうちはもちろん遠慮があった。わたしの自制心をくじいたのは桃子さんのトーク、それにお手製の漬物である。特にセロリが絶品で、ビールにおそろしく合った。

「こんな美味しいお漬物は初めてです」

「なに言ってんの、あんた東京から来たんやろ？　美味しいものなんて食べ飽きてるんちゃう」

桃子さんは軽口を叩きながらも、ほめちぎられてまんざらでもないようだった。

「それにしても、なんではるばるこんなとこに来たん？」

「転職です」

「せやから、なんで転職なんかしたん？」

この質問の答えは決めてある。

「なんとなく、のんびりしたくなって」

ふうん、と桃子さんはしばらく目を細めて何事か考えこんでいたが、

「ま、のんびりするにはええとこやけど」

逆にのんびりする以外やることないしな、と煙草に火をつけた。白い煙が細く立ちのぼる。

「最初にここに来たときは気い狂いそうになったわ」

亡くなったご主人は生まれも育ちもこの町で、進学も就職もここを離れないことを最優先に考えていたのだという。そして（わざわざ言われなくても簡単に察しがつくことではあるが）桃子さんは大阪の出身である。

「それも、ミナミのど真ん中」

ディープ大阪やで、と誇らしげに言う。

出会うはずのなかったふたりは、しかし熱烈な恋に落ちた。ご主人が大阪出張のときに、桃子さんの働くバーに立ち寄ったのがきっかけだった。もちろん、自分の故郷を愛する気持ちは譲れない、と夫婦ともに思っていたそうである。でも、ふたりはお互いのこともあきらめることができなかった。解決策として、

「七十五までで計算してん」

結婚したのはふたりが二十九歳のときだった。七十五歳まで生きられるとして、残りの人生は四十六年だから、二十三年ずつお互いの故郷で暮らすことにした。若いときに大阪、老後はこの町、という順番は自然に決まった。

「ほんまは逆にしといたらよかったんやわ」

かわいそうなことをした、と桃子さんはため息をつく。五十二でこちらに引っ越し

てきて、次の年の冬に、ご主人は肺炎をこじらせて亡くなったそうだ。

「あっけないもんやった」

それからもう五年が経《た》つという。

「人生、思いどおりにはいけへんもんやなあ」

「大阪に帰るつもりはないんですか」

わたしがたずねると、もうええわ、と桃子さんは首を横に振った。気に入ってんねん、ここ。

「それに、この店は町で唯一の娯楽の場やから。ここがなくなったら皆そうとう困るで」

しんみりした空気をふりはらうように、おどけた口調でしめくくる。

「うちももう年が年やし、のんびりするのが一番やわ」

のーんびり、と桃子さんはもう一度繰り返し、何本目かの煙草を灰皿にこすりつけた。

「人生思い通りにはいけへんけど、そこがおもろいとこやしな」

さてと、そろそろ支度するか。桃子さんが伸びをしたのをきっかけに、わたしも立ち上がった。ビール代をはらおうとしたら、誘ったのはこちらのほうだからとかたくなに断られた。

　店を出るときに、

「なんや、なにわの女一代記みたいなの聞かせてしもてごめんな」

　冬は苦手やねん、と桃子さんは照れくさそうに笑った。寒くなるとどうも弱気になるんやわ。体力も落ちるしなあ。

「体力っていえば、ここで病気になると大変やで」

「お医者さんが足りないんですか？」

　この規模の町では無理もないことだと思ったが、桃子さんの返事はわたしが予期したものとはまるで違っていた。

「ここのひとたちの健康法って、全部納豆やねん」

　納豆さえ食べていれば万事大丈夫だと信じていて、西洋医学に頼ろうとしない傾向があるらしい。患者だけでなく医者もそうで、薬と一緒に納豆を処方したりするそうだ。言われてみれば、商店街の薬局でもガラス張りの冷蔵ケースが目立つところに置いてある。小さな町だから、食べものや日用品をいっしょくたに扱う、なんでも屋のような側面を持っているのかと思っていた。

「本人が納得する治療が一番って言うけど、それにしたってなあ」

うちのだんなも、食欲ないって言いつつ、最後まで納豆だけは食べてたわ。しかも、三食やで？

「ここで唯一なじみきれへんのが、この納豆信仰かな。ほんま、はかりしれへん」

だからあんたも病気には気をつけて、と真面目に忠告され、わたしは深くうなずいた。

「そうや、あんた名前はなんていうの」

「弥生です」

答えると、いい名前や、と桃子さんは首を振った。桃子と弥生って、うちら名前もぴったりやん。

「早く春にならへんかなあ」

あ、でも、とそこで思いついたようにつけくわえる。いかんせん、冬は美味しいもんが多いねんな。

「うちの名物、牡蠣《かき》鍋《なべ》、今度食べにきてや」

「また来ます」

約束して、わたしはおもてに出た。風が出てきて空気はいっそう冷たい。西の空では、もう夕焼けが始まっていた。

今週の主な仕事は、夏に向けて新規の健康商品の企画を考えるというものだった。わたしがここに来て以来一番の、仕事らしい仕事だと思う。

「ブレインストーミングをお願いします」

課長はわたしと沢森くんの顔を交互に見ながら、重々しく言い渡した。なにかのテーマについて頭に浮かんだことを自由に挙げていくというそのやりかたを、前の会社ではブレストと略して呼んでいたのを思い出す。

ブレインストーキングってなんでしたっけ、というマユミちゃんの声が後ろで聞こえた。さあ、と西川さんが答えている。ブレインストーキング？　なんとなく過激な響きがする。わたしの頭の中に現れたストーカーは、

「あたし英語って超苦手」

あっけらかんとマユミちゃんが言った途端、すごすごと退散した。

課長によると、コストや調達方法、具体的に実現できるかどうかといった細かい部

分は、今の段階ではとりあえず気にしなくていいという。

「ユニークでクリエイティブなアイディアをお願いします」

相変わらずカタカナが多いのはいいとして、みぞれがふっている日に夏場の食べものについて考えるというのはけっこう想像力がいる。でも、久しぶりに頭を使うのはなんだか気持ちいい。運動不足が続いた後でやっとジムに足を運んだとき、ちょうどこんな気分がしたものだ。

「今まではどんなのがあったんですか」

わたしが聞くと、沢森くんはしばらく腕を組んで考えていた。

「僕が考えた中で一番の自信作は納豆アイスかな」

「自信作？」

通りかかった西川さんが口を挟む。

「あれ、即、ボツになったじゃないですか」

「でも、自信はあったんです」

だから自信作なんです、と沢森くんは一生懸命に言い返したが、西川さんはもう歩き去った後だった。

一日かけても、あまり成果は上がらなかった。わたしがまったくの素人《しろうと》というせいもあるのだろう。沢森くんはいつになく熱心にいろいろと意見を出すものの、いまひとつうまくまとまらない。

「お互いにもう少し考えてきて、明日もう一度話し合いましょう」

しかたなく、今日のところはとりあえず解散することになった。

「おつかれさまです」

デスクでぼんやり考えこんでいると、西川さんがお茶を持ってきてくれた。この職場ではお茶をくむ係は決まっていない。各自で飲みたくなったら勝手にいれて、ついでにそのへんのひとにも配ったりするという、アバウトだがなかなか合理的なシステムなのだ。

「ありがとうございます」

熱いほうじ茶はのどに優しい。わたしがお礼を言うと、西川さんは軽く目だけで微笑んだ。目尻にいっぱいしわが寄り、しかしおっとりとしたその笑いかたからは、おばさんというより少女のような印象を受ける。

そのまま通り過ぎかけた西川さんは、二、三歩歩いてもう一度ふり向いた。

「どんな企画を出しても、結局は通らないですよ」

「え？」

聞き返したわたしに、低い声で続ける。

「向こうには向こうで、企画がありますから」

「向こう」というのは、わたしたちが商品を販売している取引先のメーカーのことを指す。西川さんが言うには、向こうが企画して注文してきたものを下請のネバーラが作ったり輸入したりして提供するのが普通で、こちらから新しいものを持ち込むことはめったにないらしい。

「なるほど」

わたしは納得した。考えてみれば、そういう力関係があるのは当然だった。でもそれが本当だとすると、課長や沢森くんのはりきりぶりが解せない。

わたしの疑問を察したのか、

「もちろん、百パーセントありえないとは言い切れないですけど」

西川さんは気の毒そうにそう言った。わたしはなんだかしょんぼりして、帰り支度を始めた。

次の日も寒かった。

バス停でじっと立っているのが苦痛なので、足踏みをしたり体を揺すったりして北風に耐える。半ズボン姿の小学生がぎょっとした顔でわたしをよけて通ったが、これは慣れの問題であって、都会の人間が軟弱だというわけではない。ないはずだ。そんなことを考えながら、むきだしのふくらはぎを見送った。

打ちあわせでは、昨日の西川さんの言葉のせいでもないけれど、なんとなくやる気が出なかった。沢森くんが次々とくりだす新商品の数々にも、少し疲れてきた（しかも、たいていが納豆がらみだ）。納豆マシュマロ、青汁パフェ、黒酢プリン。これで本当に健康になれるのだろうか。

「甘党ですねえ」

気の入らない合いの手を入れていると、

「やる気、ないでしょう」

大事なことなのに、とにらまれた。沢森くんがこわい顔をするのを見るのは初めてだった。

だって、とわたしはつい口走ってしまった。とがめるような視線を向けられて後悔したものの、もう遅かった。現実を見るのは大切なことだ。わたしが言ってもなんの説得力もないけれど。

「どうせ、採用されないんでしょう」

沢森くんが、なんともいえない表情でこちらを見る。ごめんなさい、とわたしは反射的に口にして、口にした瞬間に、謝らないほうがよかったのだと気がついた。

沢森くんは黙って席を立ち、静かに部屋を出ていった。表情を確認する勇気はなかった。ばたん、とドアが閉まる。西川さんが今のやりとりに気づいていませんように、とわたしは祈った。

三十分後、沢森くんは何事もなかったかのように戻ってきた。ちょっといいですか、とわたしを見下ろす。

「コーヒー、飲みに行きましょう」

いつもの沢森くんだった。穏やかな顔をしている。それでも、わたしは内心びくびくしながらついていった。

社員食堂の隅にある休憩コーナーで向かい合うと、僕の夢は、と沢森くんはだしぬけに語り出した。

「僕の夢は、ネバーラを一流のブランドにすることです」

今のようによそのメーカーのロゴをくっつけられてしまうのではなく、ネバーラの製品として皆に食べてもらいたい。ネバーラ独自の商品をいっぱい開発していきたい。大手にはできないこともあるはずだというのが、沢森くんの意見だった。

「採算とか効率とか考えると、そこまで変わったことはできないっていうんでしょうか」

だから、皆があっと驚くような企画が必要なんです。そのために弥生さんの力も必要なんです。

「確かに今は、僕らの出した企画を受け入れてもらえることはあまりありません。でもいつか、きっと役に立つときがくると思うんです」

力を貸してもらえませんか、と沢森くんは言った。

「さっきはかっとなってしまって、ごめんなさい」

頭を下げられて、わたしはあわてた。

「こちらこそ、なにもわかっていないくせにえらそうなことを言ってごめんなさい」

紙コップに入ったコーヒーはすっかり冷めてしまっていて、沢森くんがもう一杯おごってくれた。

「なにがいいですか」

ブラック、と答えると、

「かっこいいなあ」

さすが、と変なところで感心している。なにがさすがなのかはよくわからない。夢という言葉を堂々と口にできるということのほうが、よほどかっこいいと思ったけれど口に出すのはひかえた。

沢森くんが選んだのは、ミルクココアだった。

☘

三月最後の日曜日、わたしは二十九歳になった。

これといった感慨はなかった。意外なことに、うれしくもないかわりに悲しくもなく、さびしいような気がすると同時に、なんとなく心が安らぎもした。

二十代最後の誕生日を誰からも祝われずにひとりきりで過ごすことになる、とたとえば十代の頃に予言されたとしたら、わたしは泣きたくなったに違いない。大人になって、わたしは強くなったのだろうか、それとも鈍くなったというべきだろうか。いずれにせよ、それは好もしいことに思える。

それでも携帯電話を持っていれば、何件かはおめでとうとメールが入っただろう。母親くらいは電話をかけてきたかもしれない。

去年はどうだったかを考えかけ、あまりうまく思い出せないことに気づいた。これはひょっとして防衛本能というやつだろうか。少ししゃくにさわるけれど、せっかくだからじたばたするのはやめておくことにした。

ここで暮らし始めてから、携帯電話なしで不便を感じることはほとんどない。やはり解約して正解だったと思う。東京を出る日、わたしは近所の店に立ち寄った。市役所に届けを出した帰りだった。

「機種変更ですか」

いいえ、と答えると、店員の女の子はわずかに顔を曇らせた。アルバイトなのか社員なのか、てきぱきとして感じのいい子で、ぴんと張った肌はまだ十代に見えた。すぐに書類を用意し、

「ここところに記入して下さい」

必要なところを鉛筆で薄く囲んでくれた。名前、住所、電話番号。書き込まなければいけない事項は意外と少ない。

わたしが手続きを済ませて腰を上げようとすると、

「アドレス帳の転送はお済みですか」

と、親切に聞かれた。最近では、他社の携帯にもデータを引き継ぐことができるのだという。

「いいえ」

わたしはもう一度首を横に振った。

「でもいいんです」

女の子は、先ほどよりもさらに悲しそうな顔になった。こちらが申し訳ない気分になるいわれはないのに、すみません、とわたしはつぶやいてしまったのだった。

結局、ぼんやりしているうちに日は暮れてしまった。いつもと違うことはなにもしなかった。夕方になって雨が降り出し、買いものに出るのもおっくうになった。冷蔵庫の中の野菜の切れ端をかき集めてミネストローネを作ったら、残りもののわりには美味しくできて満足した。

順調に一日が終わったので、油断したのがいけなかったのだろう。その晩、わたしは東京にいた頃の夢をみた。

びっしょりと汗をかいてめざめ、少しだけ泣いた。

「ハッピーバースデー、弥生さん！」

次の日のおやつの時間、いきなり部屋の電気が消された。男女混声四部合唱と共にケーキが登場し、ゆらゆら揺れるろうそくの灯《ひ》が近づいてくるのを見て、うれしいというよりも面食らう。課長は意外と歌がうまかった。

経営企画部では、毎日三時頃になると、誰からともなく真ん中のフリースペースに集まっておやつを食べる。スーパーで売っている駄菓子からもらいものの高級なチョコレートまで、皆がそれぞれ持ち込むのだ。「食品メーカーの社員として、研究のために」料理教室に通っている沢森くんが、クッキーを焼いてきてくれることもある。開発部門から回ってきた変てこな試供品を、ノルマのように配られることもある。

もともと甘いものがそんなに好きではないわたしも、断るのは悪いかと思って毎日食べているうちに、だんだん甘党になってきた。それでも皆に比べるとまだまだかわいいものだ。沢森くんを筆頭に、この部署のメンバーは本当に甘いものが大好きで、だいたいわたしの倍くらいの分量を、三倍くらいのペースでたいらげる。さらにわたしを驚愕《きょうがく》させたのは、ひとしきり食べ終えた課長が、必ず納豆でおやつの時間をしめくくることだった。この会社の給湯室の冷蔵庫にはペットボトルのお茶と一緒に納豆が常備してあり、誰でも自由に食べていいことになっている。

バースデーケーキはなかなか本格的なもので、つやつやした大粒のいちごが真っ白なクリームの上に惜しげもなく飾られ、「やよいさんおめでとう」と書かれたクッキーまでのっていた。ナイフを入れると、ふんわりとしたスポンジの間にもいちごとクリームがぎっしりつまっている。

「弥生さん、半分食べていいですよ」

他のひとは四十五度ずつ、と課長が宣言する。皆と一緒でいいです、とわたしはあわてて辞退した。

「弥生さんはやっぱり大人だなあ」

沢森さんは普通に半分食べてた、とマユミちゃんが言い、

「だってミッシェルのケーキは美味しいから」

沢森くんが子どもじみた口調で言い返す。ミッシェルというのはこの町で唯一のケーキ屋で、商店街の中にあるらしい。

「それより、ショートケーキでよかったですか」

「ショートケーキがケーキの中で一番好きです」

わたしが答えると、実は僕も、と沢森くんはにっこりした。口の端に生クリームがついている。

「次は弥生さんの番ですよ」

前に祝ってもらったひとが次の回の準備をするのだという。

「準備って言っても、ちゃんと日にちを覚えておいてケーキを買ってくればいいだけなんですけど」

「でも、ケーキのチョイスにセンスが問われますよ」

課長が口を挟む。なるほど、自己紹介のときに沢森くんが言った「直近の誕生日」の意味がやっとわかった。ということは、

「わたしは課長の分ですね」

確か、七月。わたしが言うと、

「よく覚えてくれていましたねえ」

課長はうれしそうにうなずいた。

五等分したケーキは確かに美味しかったけれど、ボリュームがあった。もっとも、そう感じたのはわたしだけかもしれない。他の四人はぺろりと食べきって、買い置きの他のおやつにも手を伸ばしている。

西川さんがいれてくれた紅茶のおかわりに助けられつつ、わたしがようやく完食したところで、そういえば弥生さん、とマユミちゃんがおもむろに口を開いた。

「昨日はどこで、誰と過ごしたんですか？」

皆が食べるのを中断して、いっせいにわたしのほうを見る。

「家でひとりでぼーっとしてました」

正直に答えると、

「ええー？」

マユミちゃんはのけぞり、なにしてるんですか、と叫んだ。

「だめですよ、年頃の若い女性が……」

「マユミちゃんはたまにおじさんくさい発言をするね」

それはセクハラだよ、と課長がたしなめる。その「おじさんくさい」っていうのこそセクハラですよ、とマユミちゃんが反論した。

「じゃあ、昨日皆でお祝いしたらよかったですね」

西川さんが言い、ねえ、とマユミちゃんもうなずく。

「てっきり東京で、ラブラブバースデーだと思ってました」

今度は女子高生みたいな言葉遣いだなあ、という課長の指摘は黙殺された。

「本当にこっちにいたんですか？」

「東京の出身だからって、いちいち帰るとは限らないでしょう」

沢森くんがあきれた顔をする。東京を特別視するのは田舎者の証拠、とからかわれて、マユミちゃんは口をとがらせた。

「あたしが東京育ちだったら、誕生日をこんな田舎で過ごすなんて絶対嫌」

「マユミちゃんはほんとに東京が好きねえ」

西川さんが感心すると、

「だって日本の中心ですよ？」

マユミちゃんは力をこめて言い放つ。はいはい、と沢森くんが肩をすくめた。そのやりとりを眺めながら、

「若いって、いいですねえ」

課長がしみじみと目を細める。わたしもまさに同じことを考えていたのに気がついて、少しあせった。

マユミちゃんは、なにかにつけて東京の話を聞きたがる。いつか東京でひとり暮らしするのが夢で、どのエリアに住みたいか、毎日どんなふうに過ごしたいか、話し出すと止まらない。雑誌で東京特集が組まれるたびに、いちはやく買ってきて熟読している。東京の街の最新情報についてはわたしよりも断然詳しいはずだ。

でもこの間、たまたまふたりでお昼を食べているとき、

「ひとつ問題があるんです」

カレーライスを口に運びながら、マユミちゃんは憂鬱《ゆううつ》そうにそう言った。

ネバーラの社員食堂は味はまずまずだけれど、メニューのレパートリーが少ない。会社の周りになにもなく、ほぼ全員がここで食べるので、定食のように人気のあるものはすぐに売り切れてしまう。二十食限定のそれを食べるためには気合を入れて早めに並ばなければならないのだが、システムに慣れていないわたしはたいてい出遅れ、カレーライスかうどんになってしまう。そのかわり、少し時間をずらすと食堂はがらっと空《す》くから、落ち着いて食べられる。

食堂での社員の動きはきわめて標準化されている。流れとしては、まず入り口でトレイをとって箸やスプーンをのせ、列の最後尾につき、メインの品をカウンター越しに受け取って支払をすませる。定食なら、レジを抜けたところの大きな炊飯器と鍋から、ごはんとみそ汁をそれぞれ自分でよそう。あとはドレッシングやソースなどの調味料がまとめてある中央のテーブルで好みのものを振りかけ、横にあるタンクから無料のお茶を注ぐ。

そして、全てのメニューにもれなく納豆がついてくる。お茶のタンクの脇のプラスチックのかごには、四角いパックが山になっている。原則としてひとり一個だけれど、定食の場合は、ごはんとみそ汁だけでなく納豆もおかわり自由である。

興味深いのは、納豆のパックを開けてすぐに食べ始めるひとがいないことだ。少なくともわたしの観察する限りでは見たことがない。パックのまま、あるいは空《から》になった小鉢に移した中身を力強くかき回し、時間をおいてから口に運ぶ。これに理由があると知ったのは、ここに来たばかりの頃のことだ。

「食べないんですか？」

部署の皆での昼食の時間に、わたしが何気なくたずねたのがきっかけだった。

「早すぎます」

「早すぎる？」

課長の断定口調に困惑して問い返したら、

「常識でしょう」

今度は課長がけげんな顔をした。おそるおそるテーブルの面々を見回すと、皆が課長と同意見だということが一目でわかった。

「納豆菌がちゃんと活動しないじゃないですか」

十分に混ぜてからしばらく放置するのが基本なのだという。空気に触れることで菌が活性化するそうだ。

「これだから都会のひとは」

哀れむような口調で言われ、わたしは微妙な気分になったものだ。それにしても、納豆と向き合う社員たちは、なんだか厳粛な空気を漂わせている。ついそう感じてしまうのは、町のひとたちの納豆への愛情を「宗教じみている」と評する桃子さんの影響だろうか。

「あたしの場合、東京でなにかやりたいことがあるってわけでもないんですよねえ」

マユミちゃんの言葉で、わたしの頭は納豆から東京へと切り替わった。

「よく小説やドラマであるじゃないですか」

若者が大志を抱《いだ》き、田舎から上京する。夢がかなうまでは決して地元には戻らない覚悟で。

「あたしにも、そういう夢があったらいいのにな」

マユミちゃんは空になった皿をおしのけ、かわりに納豆のパックを正面に置いた。テーブルにひじをつき、お祈りをするときのように手のひらをあわせる。指の爪は綺麗にととのえられて桜色に光っていた。

「そしたら、いつだってここを出ていけるのに」

一瞬うつむいて、でもマユミちゃんはすぐに顔を上げた。まあいいんですそんなことは、ときっぱり言い、前髪をかき上げる。それからわたしに向かって少し身を乗り出すようにして、ところで、と話を変えた。

「六本木と渋谷だとどっちのほうがいけてるんですか？」

ゴールデンウィークに東京に遊びに行くつもりらしい。

「六本木のほうが好きかな」

その質問にならば、一応は意見をのべることができる。わたしはほっとして答えたのだった。

誕生日ケーキで血糖値が上がったおかげだろうか、その後の仕事ははかどった。

定時に出ようと思ってデスクを片付けていると、帰り支度をすませたマユミちゃんが近寄ってきた。淡いピンクのトレンチコートがよく似合っている。

「さっきは、立ち入ったことを聞いてしまってすみません」

わたしはまったく気にしていなかったので、むしろ驚いた。そう伝えると、珍しく思いつめた顔をしていたマユミちゃんは表情をゆるめた。

「沢森さんに怒られちゃいました」

声を低めてちろりと舌を出す。

「あれはプライバシーの侵害だって」

「こっちこそ、おもしろい話題を提供できなくてごめんね」

半ば本気で言うと、あはは、とマユミちゃんは笑い、

「とにかく、おめでとうございました」

と、もう一度ぺこりと頭を下げた。そのまま出口に向かおうとするのを、ふと思いついて呼びとめる。

「マユミちゃん」

「はい？」

「このへんに、携帯電話のお店ってある？」

はい、とマユミちゃんはうなずいた。

「どこの会社ですか？」

どこでもいい、とわたしが答えると、マユミちゃんの目は大きくなった。

「ええー？」

携帯を持っていないことを白状したら、案の定、マユミちゃんはまたしても声をはりあげた。部屋中がこちらに注目する。落ち着いて、とわたしはあわててマユミちゃんの腕をつかんだ。

「弥生さん、それ、お年頃なのにとか若い女の子がとかいうレベルを超えてます」

ていうか、仙人？　とマユミちゃんは真顔で言う。

「あ、ごめんなさい、また失礼なこと言っちゃったかも」

わたしは笑って首を振った。二十歳のときなら、わたしも似たようなリアクションを返しただろう。いや、そこまでさかのぼらなくても、つい一年前くらいまではそうだったはずだ。

「買ったら番号教えて下さいね」

マユミちゃんは言い、あたしのはこれ、と机の上のポストイットにさらさらと数字を走り書きした。

「メールアドレスも書いときます」

「ありがとう」

わたしがその黄色いメモをパソコンの隅にはりつけていると、

「なになに、アドレス交換？」

わたしもよせて、と西川さんも加わった。

「ほら、西川さんだって携帯くらい持ってるんですよ」

マユミちゃんはまたもや失礼な発言をしたけれど、本人は気を悪くする様子もなく、鷹揚《おうよう》に笑っている。

「やっぱり便利よ」

ポストイットは二枚になった。


「弥生ちゃん、なんや世捨て人みたいな生活してるんやって？」

次の日、仕事帰りになにわに顔を出すと、桃子さんは開口一番そう言った。わたしは不意打ちに絶句した。

「ま、ある意味、ここに引っ越してくる時点で世を捨ててるわな」

ひとりで勝手に納得し、うんうんとうなずいている。さばさばした口調に、カウンターに座っていたサラリーマンらしきふたり連れがぎょっとして顔を上げた。明らかに地元のひとである。こんな調子でなにわの経営は大丈夫なのだろうか、他人《ひと》ごとながら心配になる。

それはいいとして、

「世捨て人って……」

「風の噂で聞いたわ」

桃子さんはすました顔で言い残し、帰り支度を始めたおじさんたちのほうに行ってしまった。しばらくすると戻ってきて、今度は少し小さな声でわたしに話しかける。

「世捨て人なら別にええけど」

変な男とか、借金とか、そういうんじゃないんよね？

「借金はありません」

「そうやんなあ」

「変な男も、いません」

そうやんなあ、と桃子さんは明るい声で言った。

「弥生ちゃんはしっかりさんやし、そういうのに巻き込まれる感じじゃないもんなあ」

そうでもないです、とわたしは心の中でつぶやく。借金はともかくとして。

「そのわりに、さっき目が真剣でしたよ」

気を取り直して言い返すと、

「あ、注文ですか？」

桃子さんはわざとらしく声を張り上げ、奥のテーブルのほうへと顔を向けた。

お客を皆送り出してしまうと、誕生日プレゼントという名目で、桃子さんは白いとっくりとお猪口《ちょこ》を出してくれた。

「うちのとっておき」

「ありがとうございます」

恐縮するわたしに、お得意さんやもん、とウインクする。

「友達やし、な」

もうひとつお猪口を出してもらい、わたしも桃子さんにお酌した。透明な液体からふっくらした香りが立ちのぼった。

「乾杯」

カウンターに仲良く並んで、盃《さかずき》を傾ける。

「美味しいです」

わたしが言うと、桃子さんは満足げに次の一杯を注ぎ足しながら、ずばりと聞いた。

「何歳になったん」

「二十九です」

「若っ」

桃子さんはおおげさに肩を揺らした。わたしがぽかんとしていると、どないしたん、といぶかしげな顔を向ける。

「なに、そないびっくりした顔してんの」

「いや、新鮮な反応だなあと思って」

桃子さんは顔をくしゃくしゃにして、わたしの肩をぱんと叩いた。

「若いよ、二十九ならなんだってできるやろ」

と、言い切る。

「うちも二十九のときは、こわいもんなんてなんもなかった」

今だって桃子さんにはこわいものはなさそうだ。でも、その感想は日本酒と一緒に飲みこんでしまうことにした。考えたことをそのままストレートに口にするには、わたしは少しだけ年をとりすぎている。

マユミちゃんの顔がふと脳裏をかすめた。でも、二十歳と二十九歳の違いなんて案外それくらいのものかもしれない。

「なに、思い出し笑い？」

やらしいなあ、とすかさずつっこんできた桃子さんに、

「おかわり」

わたしはお猪口を差し出した。


風の噂の発信源は、翌朝すぐに確認できた。

「おととい、なにわに行ったでしょ」

「桃子さんはほんとにおしゃべりだなあ」

沢森くんは、自分のことは完全に棚に上げている。渋い顔をしているのがおかしくて、わたしは思わずもうひとことつけ加えた。

「わたし、世捨て人じゃないですよ」

沢森くんはさすがにあわてた表情で、強引に話題を変える。

「ところで、無事に携帯は買えたんですか」

「はい、おかげさまで」

たった数か月使わなかっただけなのに、小さな機械がずいぶん手になじまなくなっていたのには驚いた。ただし、少しいじっているうちにすぐに感覚は戻ってきた。仙人への道のりは遠そうだ。

その日、お昼から帰ってくると、デスクトップに新たなポストイットが加わっていた。沢森くんの字は思いのほか綺麗だった。

☘

日に日に暖かくなっていく中で、この町でも桜の花のピンク色が目につき始めた。ただ、陽あたりの関係なのか排気ガスのせいなのか、バス停の横の桜の開花は他の木よりだいぶ遅かった。

やっとつぼみが開いた日、課長はいつものバスに乗ってこなかった。

今までにないことだったのでわたしは少し心配したけれど、会社に着くと玄関口に本人の姿が見えた。ひとりではなかった。見たことのない、背の高い男のひとと立ち話をしている。

「おはようございます」

軽く会釈しながらふたりの横を通り過ぎようとしたら、ちょうどよかった、と課長に呼びとめられた。

「こちら、東京本社からいらした佐久間さん」

「はじめまして」

わたしと佐久間さんがお辞儀をかわすと、こちらは弥生さん、と課長は今度はわたしに手のひらを向け、

「最近東京から来られたばかりなんですよ」

と言い添えた。

少し意外そうな顔をした佐久間さんは、肌の質感からして、遠目に見たときの第一印象よりも若いようだった。穏やかな表情なのにどことなく威圧感があるのは、身長

差のせいだろうか。

「ゲストカードを取りに行ってくるから、先に会社の中を案内してさしあげて」

「はい」

マユミちゃんに連れられて回ったのはついこの間のように思うのに、いつのまにかわたしもすっかり社員らしくなったものだ。

社内をざっと一周して、最後に食堂にたどり着く。

「いいところですね」

のどかで、と佐久間さんは楽しそうに言った。歩き回っているうちに、心なしかくつろいだ表情になっている。

「何時《いつ》までいらっしゃるんですか」

「八月まで」

「八月？」

てっきり日帰りの出張だと思っていたわたしが聞き返すと、

「研修なんです」

と、言う。地方の実態を視察するというのが目的で、国内にいくつかある拠点を順番に回っているらしい。

「このあたり、ウィークリーマンションもないんですね」

平日は町に一軒だけあるホテル（というより民宿）に滞在し、週末は東京に戻ることにしようと思っているという。

「大変ですね」

「でも、特急に乗れば二時間足らずですから」

確かに、とわたしは思った。いつもはあまり意識しないけれど、少なくとも物理的には、東京とこの町との距離はそう遠くない。東京のオフィスには、埼玉や千葉から二時間かけて通勤しているひとだって大勢いた。なぜ東京に帰らないのかというマユミちゃんの疑問も、ある意味もっともなのだ。

「弥生さんはここのご出身ですか？」

東京からいらしたってことは、と佐久間さんは言う。普通に考えるとそうなるのだ、とわたしはあらためて気づかされた。東京で暮らしていた人間がわざわざ転職してまでこの町に来る理由はそれしかない。借金だの変な男だのという発想も、あながち責めることはできない。

「いいえ」

初対面の佐久間さんに気を遣わせるのはしのびなかったが、嘘をつくわけにもいかない。首を横に振ると、

「そうですか」

予想通り、佐久間さんはそう言ったきりしばらく口をつぐんだ。

わたしたちは無言のまま、食堂の窓から明るい外を眺めた。こんもりと花をつけた桜が敷地の周りのフェンスに沿って並んでいる。風が吹き、花びらがさらさらと流れた。東京の桜も今が満開だろうか。例年のように、上野公園や千鳥ヶ淵は花見客でごった返しているのだろうか。

最近やっと、わたしは東京の景色を平静に思い浮かべることができるようになった。ネバーラのひとたちとゆるやかに毎日を送っているうちに、過去は着実に遠のき、現実感が薄れてきた。今となっては、いやな思い出があるというよりも、思い出がないという表現のほうに近づいている気がする。

わたしには、六年間つきあっていた恋人がいた。

会社の同期で、入社してすぐにつきあい始めた。もちろん小さないさかいはあった

が、かなりうまくいっていたほうだと思う。口に出しはしないものの、わたしは漠然と結婚も考えていた。お互いのやりたいことを尊重してむやみに干渉しないというのが、わたしたちの間の唯一のルールだった。実際、ふたりとも公私共に忙しかったので、べったりと一緒にいるのは考えられなかった。

彼は仕事ができるひとだった。同期の中では一番の出世頭だとみなされていて、事実、昇進のスピードも速かった。頭がよくて温厚な性格で、仕事以外の場でも評判が良かった。

彼ほど優秀ではないものの、わたしも会社は好きだった。もっともわたしの場合は、仕事の内容というより、自分が忙しく働いているという実感が気に入っていたのかもしれない。でもどちらにしても、外から見れば大差はない。

「本当にお似合いのカップルだよね」

うらやましい、と女友達は口をそろえた。理解があって包容力があって、理想の恋人だね。

「そんなことないよ」

表面上は謙遜《けんそん》してみせつつも、確かに、なんでもそつなくこなすスマートな彼はわたしの自慢だった。お似合いだとほめられると、内心は得意だった。

結婚することにした、とその「理想の恋人」から切り出されたとき、どう反応したのだったかはよく覚えていない。相手は、彼の部署に去年やってきたばかりのアルバイトの女の子だった。

「あの子は、おれがいないとどうしようもないんだ」

そんなに親しくはないけれど、わたしもその子と何度か言葉をかわしたことはあった。とりたてて美人ではないし頭が切れるわけでもなく、でも明るくて感じのいい子だという印象を思い出した。

「弥生なら、すぐにおれなんかよりずっと条件のいい相手が見つかると思う」

なんて陳腐《ちんぷ》なことを言うのだろう、とわたしはぼんやりした頭で考えた。それにしても、条件って？

行きつけのイタリアンで、運ばれてきた料理はすっかり冷めていた。いつもは気さくに話しかけてくる店員も、不穏な空気を察したようで、一向に近寄ってこなかった。彼が一方的に話している間、わたしはうつむいてチェックのテーブルクロスの四角の数を数えていた。細かい模様はうんざりするくらいたくさんの線で構成されていた。

今さらこんなことを言うのは卑怯かもしれないけど、と恋人は最後に小さな声でしめくくった。

「弥生はおれのことを買いかぶってたと思う」

確かに、突然こんなふうに裏切られるなんて思ってもみなかった。そう言い返してやることができればよかったのだけれど、そんな余裕はなかった。

「そういうのに、ついていけなくなったんだ」

別れ際、わたしはたぶん微笑んでいたと思う。無理して自分を保とうとしていたというのではなく、ただ思考がストップしてしまったせいだ。


おおい、という声が聞こえてわたしたちが振り向くと、課長が食堂の入り口でひらひらと手を振っていた。わたしたちは窓に背を向け、食堂をあとにした。

部署のメンバーと佐久間さんとの顔合わせがすむと、課長はうれしそうに提案した。

「今晩、ウェルカムパーティーをしましょう」

ウェルカムパーティー、と佐久間さんがつぶやく。歓迎会と頭の中で変換しているのだろう。わたしのときと同じだからよくわかる。

「いいですね」

マユミちゃんがすぐに賛成する。東京からひとが来たということで、いつになくテンションが高い。

「なにかリクエストはありますか？」

食べたいものとか苦手なものとか、とたずねるマユミちゃんに、

「なんでも」

佐久間さんはにこやかに答えた。

「好き嫌いはないですから」

「リクエストされても選択肢はないけど」

沢森くんが後ろでぼそりと言う。

「じゃあ、全員参加ということで」

課長に目配せされ、わたしは短縮ダイヤルのボタンを押した。今日の六時から六人の予約を、なにわの留守電に吹き込む。グッジョブ、と課長がうなずいた。

「ええ男やなあ」

というのが、桃子さんの佐久間さんに対する評価である。

今日はいったん東京に戻るという佐久間さんを皆で駅まで見送って、九時すぎにはウェルカムパーティーはお開きになった。課長と西川さんはそこで帰ってしまい、残った若手三人で再びなにわに引き返した。

「芸能人であんなひといたんちゃう」

桃子さんが言い出すと、沢森くんもうなずいた。

「見たことはある気がするんですけど、名前が出てこないなあ」

「ていうか、かっこいい……」

マユミちゃんはさっきから何度も同じことを言いながら、ごくごく焼酎を飲んでいる。

「やっぱり東京の人は違うな」

「東京は関係ないんじゃないの」

沢森くんが常識的なコメントをすると、

「あたしの気持ち、沢森さんならわかるはずです」

マユミちゃんは目をきらきらと輝かせ、自信ありげに反論した。

「要は、弥生さんが来たときの沢森さんと同じことですよ」

今回は男女が逆転しているだけ、と得意そうに言う。すっかりできあがってしまっているようだ。桃子さんが爆笑し、沢森くんは憮然《ぶぜん》とし、続いてほんのり赤くなった。わたしはなんとなく目のやり場に困って、手もとのグラスに視線を落とした。

「でも、マユミちゃんには年上すぎるやろ」

桃子さんがちゃかすと、

「桃子さんには年下すぎますよね」

マユミちゃんはすぐさま反撃する。飲むといつにもまして強気になるのだ。

「弥生ちゃん、どないよ？　ちょうどええやん、東京人同士」

無責任な桃子さんの言葉に、やっぱりあたしには無理かなあ、とマユミちゃんは切なそうにため息をついた。

「結婚してるんじゃないですか」

冷静さを取り戻した沢森くんが会話に復帰する。

「確かに」

「あんないい物件、なかなかないもんなあ」

女ふたりは顔を見合わせ、一気につまらなそうな表情になったが、

「でも、八月まで単身赴任？」

チャンスがないわけじゃないってことや、と桃子さんが結論を出すと、マユミちゃんは元気を取り戻した。

「弥生さん、一緒にがんばりましょう」

「一緒にがんばるの？」

「ええ、正々堂々と戦いましょう」

「マユミちゃん、目がすわってる……」

沢森くんとふたりがかりでなんとかマユミちゃんを実家まで送り届けたときには、すでに十二時近かった。わたしはタクシーを呼ぶから大丈夫だと言ったけれど、送ります、と沢森くんはゆずらない。自転車の後ろに乗せてもらうと、アルコールでほてった体に夜風が気持ちよかった。

「もう、着いた頃ですかね」

いきなり言われて、とっさになんのことだかわからなかった。佐久間さん、と沢森くんが声を張り上げる。

「東京って、意外と近いんですね」
さっきから、人とも車ともすれ違わない。わたしたちの頭の上を、満月がずっとついてくる。

佐久間さんは会社のすぐ近くに住むことになった。
たまたま知りあいの知りあいだとかの家があって、部屋が余っているから使ってい
いと言われたそうだ。へえ、とわたしはびっくりしたけれど、このあたりでは珍しい
ことではないらしい。
「うちにも、全然知らないひとが住んでたことがありますよ」
とマユミちゃんは平然としていた。
「そもそも若いひとは出ていっちゃうことが多いから、どこの家も基本的にスペース
が余ってるし」
都会ではなかなかこんなことはないでしょうけど、と西川さんも言う。
わたしは東京生まれの東京育ちで、祖父母も親戚の大部分も都内に住んでいる。子
どもの頃、田舎のおばあちゃんの家に遊びに行くというクラスメイトの話は魅力的に

聞こえたものだ。学生のときにも、友達の下宿にとれたての野菜だのお米だのが次々と送られてくるのがうらやましかった。

「佐久間さんは、ご実家も東京なんですか？」

マユミちゃんが聞くと、いいえ、と佐久間さんは答えた。

「実は、生まれたのはこの近くなんです」

最初はマユミちゃんの勢いにおされぎみだった佐久間さんも、しばらくすると慣れてきたようで、楽しそうに話をしている。わたしがいうのもなんだけれど、佐久間さんと一緒にいるときのマユミちゃんはとてもかわいい。

「でも、物心ついてからはずっと都内ですね」

「だから雰囲気が東京っぽいんだ」

佐久間さんは「東京っぽい」とわたしも思う。でもそれは、雰囲気や物腰といったあいまいなものとはあまり関係ない。佐久間さんは社員食堂で納豆を食べないときがあるし、食べるとしてもむやみにかき混ぜたりしないのだ。その事実にこそ、わたしは同郷のにおいをかぎとる。

佐久間さんはなにかと忙しそうで、あてがわれたデスクに座っていることはほとんどなかった。いろいろな部署に出入りしたり、会議に出席したりしているようだ。研修といっても新入社員ではないので、こちらがなにかを教えるということはない。

「弥生さん、グッドニュースです！」

一週間ほど経ったある日のことだった。

佐久間さんが部屋を出て行くのを見はからって、マユミちゃんがわたしのデスクに飛んできた。興奮して、課長のような言葉使いになっている。何事かと思ってわたしが顔を上げると、

「独身でした！」

マユミちゃんは大声で報告し、言われてみれば生活感がないですもんね、とはずんだ口ぶりで続けた。

「なに、本気でねらってるの？」

様子をうかがっていた沢森くんが驚いた顔で口を挟むと、

「下品な言いかたしないで下さい」

眉をひそめて抗議する。

「別にどうこうしたいっていうわけじゃないんですけど、だから結婚してってもしてな

くてもいいんですけど、でもやっぱり独身のほうがうれしいじゃないですか」

やたらと逆接を連発しながら、しかし一息に言った。

「なんていうか、張りあい？」

「女の子は大変ですね」

沢森くんがつぶやき、わたしと西川さんはさっと視線をかわした。ここで女の子一般に話を広げるのは明らかにおかしい。少なくともわたしは、そういう気持ちからはとっくに足を洗っている。

飲みに行きませんか、と佐久間さんに声をかけられたのは、その晩のことだった。珍しく、わたしは七時過ぎまでひとりで仕事をしていた。課長は定例の会議で工場に行っているし、マユミちゃんも西川さんもさっき帰ってしまった。沢森くんは今日は料理教室の日だ。少し迷ったものの、断る理由は考えつかない。どうせそろそろ帰ろうと思っていたところだった。

「いいですよ」

マユミちゃんが盛り上がっているせいでどうも意識してしまう。なるべく気軽に聞こえるように注意しながら答え、わたしは机を手早く片付けた。

週の半ばにもかかわらず、なにわは珍しく混んでいた。

ごめんな、と桃子さんは言いかけて、わたしの背後に立つ佐久間さんを確認し、

「いらっしゃいませ」

いつもよりよそゆきの声を出した。

「いっぱいなら出直しますけど」

「いやいや大丈夫大丈夫」

桃子さんは激しく首を横に振り、カウンターに飛び飛びに座っている先客につめてもらって、むりやりスペースを作ってくれた。今さら後には引けない。わたしたちは左右に順番に頭を下げ、肩身の狭い思いをしながら腰を下ろした。

「すみません、なんだか段取りが悪くて」

店内はうるさく、佐久間さんはわたしの耳元に顔を近づけてそう言った。

「予約しておけばよかった」

「ふだんなら絶対に大丈夫なんですけど」

わたしも声を大きくした。テーブル席はともかく、カウンターでふたりなら、普通

は予約は必要ない。

「この店がこんなに混んでるの、わたしも初めてです」

悪かったなあ、と桃子さんの声が飛んできた。どうやら大声を出しすぎたらしい。わたしは首をすくめ、生ビールをふたつ注文した。

ほどなくして、よく冷えたジョッキと一緒につきだしのそらまめが運ばれてきた。

「おつかれさまです」

さっそく乾杯して、いそいそと口をつける。

四月も下旬になるとすでに夏の気配があり、冷たい液体がのどを伝っていく感触が心地いい。佐久間さんもうれしそうにのどを鳴らしながら一気に半分ほどを飲み、ぷはあ、というような音を立てて息をついた。

「労働の後のビールは最高だなあ」

わたしもまったく同感だった。

ふたつのジョッキはすぐに空になり、追加のビールと一緒に食事もちょこちょこと注文した。刺身の盛り合わせ、アボカドとまぐろのサラダ、そしてもちろんセロリの漬物。桃子さんは相変わらずカウンターの中を走り回っているので、なるべく手がかからなそうなものを選ぶ。

「弥生さんは証券会社にお勤めだったそうですね」

ひととおり料理が出そろったところで、佐久間さんはそう切り出した。前の会社の名前を久しぶりに耳にして、わたしはなんだかどぎまぎした。

それにしても、

「どうしてご存知なんですか？」

部署のひとたちにも話した覚えはない。社名はもちろん、証券会社で働いていたということさえ言っていないように思う。別に隠しているわけではない。前の仕事については特に誰にも聞かれなかったので、話す機会がなかっただけのことだ。

ここでは、「東京」という単語ひとつに、引っ越してくる以前のわたしの生活が集約されている。いちいちディテールを説明する必要はない。

「社内の人間に噂を聞いて」

佐久間さんは申し訳なさそうに言った。ネバーラの情報網の威力はすでに経験済みなので、たいして意外ではない。でも、

「僕も、同業だったんですよ」

と佐久間さんが業界最大手の証券会社の名前を口にしたときには、さすがに意表を衝《つ》かれた。

「じゃあ、なんでここに」

自分のことはさておいて、思わず聞いてしまう。

「なりゆき、ですかね」

佐久間さんはセロリに箸を伸ばし、ひときれつまんだ。こりこりとかじり終えてから言葉を継ぐ。

「あの世界に疲れ果ててしまっていたというのもありますね。とにかく忙しいし、プレッシャーも厳しいでしょう」

それにはわたしも異論はない。実際のところ、体や精神、あるいはその両方を故障するケースも、周囲には少なくなかった。

「でも、佐久間さんなら、うまくやっていけそうな気がしますけど」

「それは、ほめられてるんでしょうか、けなされてるんでしょうか」

「もちろん、ほめてます」

わたしがあわてて答えると、

「それを言うなら、弥生さんも」

と、佐久間さんに顔をのぞきこまれた。

「うまくやっていけそうな気がしますけど」

目をそらしたちょうどそのとき、後ろでがらがらと引き戸を開ける音がした。

「あれえ、偶然」

聞き慣れた声だった。カウンターの中の桃子さんがわたしに向かって口をぱくぱくしているのは、どうやら「正々堂々」と言っているようだ。

いつのまにか空いていた佐久間さんの隣の席にすとんと座り、ビール、とマユミちゃんは無邪気に注文した。

☘

今年のゴールデンウィークは、来週の火曜と水曜を有給休暇で補充すると、明日から九連休になる。中には今日や昨日から休み始めている強者《つわもの》もいるようで、社内には心なしか人が少ない。

「今度こそ、東京ですか？」

マユミちゃんに探りを入れられて、まさか、とわたしはきっぱり否定した。

今週、佐久間さんはいったん東京に戻っている。本社で役職者の会議があるらしく、課長も一緒だ。

なにわで（途中まで）ふたりで飲んだとき以来、佐久間さんと話の続きをする機会はなかった。

「ひどいなあ、弥生さん」

あの次の日、今度はマユミちゃんに誘われた。前日とはうってかわって閑散としたカウンターで、マユミちゃんはわざとらしく頬をふくらませてみせた。

「ぬけがけはなしって言ったのに」

「たまたま飲みに行っただけじゃない」

もちろんわたしは必死で弁解した。

「七時過ぎだったから、誰もいなかったし」

「ふうん」

マユミちゃんはおざなりに言い、わざわざメールしてくれてありがとうございました、と桃子さんに声をかけた。

「ここでとんとん拍子に話が進んでもうたら、つまらんもん」

「でも、佐久間さんから誘ったんですよね？」

ああ、つらいなあ、とマユミちゃんは大きなため息をつく。焼酎のピッチがぐんぐん上がっていた。

「大丈夫、まだなにが起こるかわからへんで」

本気とも冗談ともつかない口調で、桃子さんがまた意味もなくけしかける。

「恋愛はな、とにかく押しや、押しの一手や！　押してだめなら、もっと押す！」

大阪では常識やで、と恐ろしいことを言うのだった。それが本当なら、関西人の恋のライバルには絶対になりたくない。

マユミちゃんは誤解している。佐久間さんがわたしに対して持っているのは恋愛感情ではない。あれは、好奇心である。ふたりで話していてはっきり感じた。説明しても納得してもらえるとは思えないのでわざわざは言わないけれど、断言できる。

わたしにしても同じことで、佐久間さんがなぜ会社を辞めてネバーラにやってきたのかは非常に気になる。でもそれは、恋ではない。

残念、とわたしは思う。それと同時に、よかった、とも。

「弥生さん、飲みっぷりが足りない！」

どんどん飲んで下さいよう、とマユミちゃんは声を張り上げた。

「今日は弥生さんのおごりなんですから」

「それはいいけど、ちょっと飲みすぎじゃない？」

たしなめると、ぐにゃぐにゃと上半身を揺らしていたマユミちゃんは顔を上げてわたしを凝視した。

「あたしも早く大人の女になりたい」

涙ぐんでいるのはたぶんお酒のせいだけれど、声は切実だった。二十歳のときには、わたしもこんなふうだったのだろうか。桃子さんが、水の入ったグラスをマユミちゃんの前にそっと置いた。

「……大人の、女」

わたしはばかみたいに復唱した。一瞬だけマユミちゃんに嫉妬して、しかしすぐに思い直す。

あの頃に戻りたいとは思わない。

桃子さんが黙って出してくれたおしぼりで、マユミちゃんはごしごしと顔をふいた。マスカラやらアイラインやらが目の周りでごちゃごちゃになって、ひどい顔になっている。黒くなったおしぼりを見て少し酔いがさめたのか、

「顔、洗ってきます」

マユミちゃんはがたんと派手な音を立てて椅子を引き、トイレに立った。少しふらつきながら歩いていく華奢《きゃしゃ》な背中を、わたしと桃子さんは目で追った。


ゴールデンウィークは、とにかく本当にひまだった。

連日よく晴れていて、洗濯や掃除を最初の二日間ですませてしまうと、本格的になにもすることがなくなった。昼間はだらだらと本を読んで過ごし、気が向いたら散歩に出かけた。狭い町とはいえ、引っ越してきたばかりのわたしにとってはたいていの風景が目新しい。バス道から延びる細い路地を適当に選び、目的もなく歩いた。手ぶらで見知らぬ景色の中をさまよっていると、心細いようなすがすがしいような、不思議な気分になってくる。

休みが終わる前日の夕方、わたしはなにわに立ち寄った。桃子さんはご機嫌ななめだった。

「ゴールデンなんて名前、やめてほしいわ」

黄金てなんやねん、とぶつぶつ言う。帰省してくる若者のおかげで店はずっと繁盛していたそうだが、

「ワカモノはうるさくてかなわん」

と、苦々しげに首を振る。

「弥生ちゃんはどないしてたん」

若者というカテゴリーから外されているらしいわたしに向かって、桃子さんは聞いた。

「どうせだらだらしてたんやろ。ええなあ、サラリーマンは」

いつもとは正反対のことを言っている。

「散歩とか」

正直に答えたところ、年寄りくさ、と思いきりばかにされた。

「もうすぐ沢森くんもくるし、飲んでかへん？」

「沢森くん？」

初日にお客としてやってきた沢森くんは、桃子さんのあまりの忙しさに同情して、何日か手伝ってくれたのだという。

「ほんま、ええ子やわ」

と、株が急上昇している。よほど助かったのだろう。

「料理もできるし、気もつくし」

どっかの誰かさんとはえらい違い、とちらりとこちらを一瞥《いちべつ》する。それはそのとおりなのだけれど、沢森くんの物事全般に対するあのひたむきさは天性の性質であって、思い立ってすぐにまねできるものではない。

「弥生ちゃんは、連休はどうせ混んでそうやし行かんとこって思ってたんやろ？」

「……すみません」

あまりに図星で、形だけでも言い繕う気さえ起きなかった。そもそも最終日に初めて顔を見せている時点で、説得力がなさすぎる。

「まあええわ、うちあげだけでもつきあってよ」

と、桃子さんは首をかしげた。今日は店は休みにするらしい。

「沢森くんも、おばちゃんとふたりで飲むよりうれしいやろ」

それはどうだかわからないが、せっかくなのでよせてもらうことにする。なにか手伝いましょうか、とわたしが言うと、

「今さら遅いわ」

と、桃子さんは笑った。

一時間ほどして、沢森くんがやってきた。

童顔のせいもあって、Tシャツと短パンにビーチサンダルという力の抜けた格好だと完全に学生に見える。今までスーツ姿しか見たことがなかったわたしにとっては、その休日仕様のラフな服装はかなり違和感があった。

沢森くんのほうも、同じことを考えたようだ。

「弥生さん、いつもと雰囲気が違いますね」

わたしは会社のときもわりとカジュアルなので、差は小さいはずだと思う。それでも、このピンクの花模様のワンピースはちょっと着ていけない。

「あれやな、夏休みにたまたま近所でばったり出くわした高校の同級生ふたりってとこやな」

カウンターの中から、桃子さんがおもしろそうにわたしたちを見比べた。高校生、と三十手前のふたりは顔を見合わせる。

「そういうギャップから、いろいろ始まるんや」

三つ並べたグラスに順番にビールを注ぎながら、桃子さんはまた格言めいたことをつぶやいた。

「ゴールデンウィークに」

桃子さんが厳かにグラスをかかげ、わたしたちは乾杯した。かちんという音が静かな店内に響いた。

「悪いけど、今日は手抜きで」

簡単なサラダと作り置きのおつまみをひととおり並べてしまって、桃子さんもこちら側に出てくる。三人で並んで飲むのは、なんだか新鮮だった。

今回も帰らなかったんですか、と沢森くんが言い出したのは、ビールから日本酒に移行してしばらくしてからだった。皆、だいぶ酔っていた。

「どうして帰らないんですか」

黙っているわたしに、沢森くんは重ねて聞いた。桃子さんはその隣でわずかに眉を持ち上げたが、口は開かない。どうやら静観のかまえをとることに決めたようだ。

沢森くんはそんなにお酒に強いわけではないけれど、酔ってひとにからむようなことはなかなかない。こういうものの言いかたをするのは珍しかった。わたしが返事をためらっていると、どうしても教えてくれないんですか、と今度はひとりごとのように続ける。

「やっぱり信用がないんだなあ」

あまりにしょんぼりと肩を落とされると、わたしも気がとがめた。

「別に隠してるわけじゃないですよ？」

つい、言い訳がましい口調になってしまう。もったいぶっていると思われるのも不本意だ。

「それなら教えて下さい」

沢森くんはすがるような目をした。

「もう二度と聞きませんから。忘れたほうがいいなら、すぐに忘れますから」

そこまで言われてしまったら、はぐらかすのもさすがに気がひける。それに、秘密にするほどの事情があるわけでもない。わたしは言葉を選びながら話し始めた。

東京に帰らない理由。

それは、

「帰る理由がないからです」

わたしのシンプルな回答に、沢森くんはまずきょとんとして、それから眉間《みけん》にしわを寄せた。

「そんな抽象的なことを言われても困ります」

禅問答じゃないんだからと怒られても、こちらも困る。しかたなく、なるべく正確に伝わるように補足した。

「東京に会いたいひとはいないし、行きたいところもなくて」

沢森くんは一瞬動きを止めた。おそらく、わたしには会いたくない人間や行きたくない場所があると思っていたのだろう。

恋人に一方的に別れを宣告されてから、充実していると思いこんでいた生活の一切が急に色あせた。やる気というか、動く気がわいてこなかった。

そうは言っても、月に二度か三度のデートの予定が消えたところで、毎日が自動的にひまになるわけではなかった。わたしはつめこんでいたさまざまな用事をかたっぱしからキャンセルして、平日はまっすぐ会社から家に戻り、休日はほとんど外に出ずに過ごした。家にひきこもり、テレビも見ず、新聞も本も読まず、ただ眠ってばかりいた。

ただし、わたしが会社を辞める決心をした理由は、失恋の痛手だけではない。ないと思う。

もちろん、彼に裏切られていたのも、その結果捨てられたのも、ショックでなかったといえば嘘になる。一時的な無気力状態は確かにそのせいだったはずだ。なによりも、真剣に想っているつもりだった恋人から、わたしは彼本人というより彼の「条件」に恋をしていただけの打算的な女だ（彼の言葉をわかりやすく通訳するとつまりこういうことなのだろう）と言われたダメージは大きい。しかも、わたしは実際それを否定できなかった。

変化が起きたのは、ぼんやりと数週間をやり過ごした後のことだ。次にやってきたのは、恐怖だった。

わたしは昔から、努力を信じていた。もともとの性格に加えて、両親の影響もあるかもしれない。

「自分で考えて、自分で決めなさい」

そして、決めたからには全力を尽くしなさい、と教えられた。まずは目的を定め、それに向けてきちんと計画を立てて実行に移せば、物事は必ずうまくいくものだ。うまくいかないのは、十分に考えていないか、もしくはがんばりかたが足りないからに他ならない。要するに本人が怠けているだけなのだ、と。

受験も就職も、そして恋愛も、わたしはそうやって乗り切ってきた。うまくいかなかったことは一度もなかった。

だから、三十歳目前で突如として自分の人生をコントロールできなくなるなんて、思ってもみなかった。わたしは想定外の事実にうろたえた。もっと直接的な言いかたをするなら、パニックになった。

もちろん、沢森くんにそこまで細かく話しはしない。

「よくわからなくなってしまって」

いろんなことが、とわたしは言った。

「自分がなにがしたいのか、なにがほしいのか」

そしてそれは、どうしてなのか。アイテムを集め、ポイントをかせぎ、敵を倒して今のステージをクリアするためなのか、それとも。

「プライドが高いんですね」

沢森くんが、ぽつんと言った。

「……プライドが、高い？」

わたしは聞き返した。

恋人を失った傷心のあまり、キャリアを捨てて東京を去った。それが、わたしのとった行動に対する世間一般の認識であることは、すでに思い知っている。もっと自分に自信と誇りを持つべきだ、とよく言われた。きみにはプライドというものがないのか、と上司には嘆かれた。

沢森くんはしばらく言葉を探しているようだったけれど、やがて、

「生意気なこと言って、ごめんなさい」

わたしの目を見ずに、それだけ言った。

「もう十二時やで」

桃子さんに遠慮がちに声をかけられて、わたしたちはもぞもぞと立ち上がった。少

し飲みすぎたのか、こめかみのあたりが鈍く痛む。

「ふたりとも景気悪い顔してんなあ」

澱《よど》んだ空気をかき回すかのように、桃子さんは不自然に明るい声を出し、目をぱちぱちさせてわたしたちを順繰りに見やった。

「ま、うちは明日からのーんびりするわ」

あんたら、連休明けはきついで。そんなわかりきったことを言って、不敵に笑う。

「せいぜい明日からがんばりや」

せいぜいはないよな、と沢森くんは小さくぼやきながら、引き戸を後ろ手に閉めた。

外は涼しく、濃い緑のにおいがした。肺に新鮮な空気を入れると、だいぶ気分がよくなった。

沢森くんが自転車をこぎだすと、ワンピースのすそが風になびく。

「その服、東京で買ったんですよね」

ふいに聞かれて、見えないだろうと思いつつもうなずくと、

「よく似合ってます」

沢森くんは言い、少し姿勢を高くしてペダルをこいだ。ありがとう、というわたしの声は届いただろうか。

スピードがだんだん速くなる。夜の景色が後ろに流れていく。

「ありがとう」

わたしはもう一度つぶやいてみた。

「こういう動物の形のお菓子って、食べるのをちょっとためらいますよね」

佐久間さんの東京みやげの鳩サブレをしげしげと見ながら、沢森くんが心優しい発言をした。

「そうですかあ？」

マユミちゃんはいったん首をかしげたものの、

「あ、なんとなく頭じゃなくてしっぽから食べるかも」

と、うなずいている。意識したこともなかった、とわたしは自分のサブレに目を落とした。でも、結局はおなかに入ってしまうのだから同じことだ。ひと口目ですでに頭を失っている鳩を、少しだけペースを上げてたいらげる。

六月に入ると、佐久間さんは月の半分ほどは東京に戻るようになった。マユミちゃんはつまらなさそうだけれど、そのたびにおやつ置き場が潤うのは皆ひそかに楽しみにしている。

その日のうちに、サブレの箱はほとんど空になってしまった。子供の頃によく食べたのがなつかしく、わたしもいつになく欲張って二枚ももらった。のどがかわいてコーヒーを買いに行くと、自動販売機の前に先客がいた。

ごちそうさまでした、とわたしが頭を下げると、

「あれ、意外と甘いですよね」

佐久間さんはブラックコーヒーのボタンを押しながら、わたしと似たような感想をもらす。

「あっさりしているようで、調子に乗って食べると口の中が甘くなっちゃって」

おそろいの紙コップを手に、わたしたちはベンチに並んで腰を下ろした。

「あれ？」

いつのまにか新しい機械が増えていると思ったら、中には納豆が並んでいてびっくりした。佐久間さんもわたしの視線をたどってため息をつく。

「斬新ですよね」

「でも、給湯室にいっぱい置いてあるのに」

食堂でもただで食べられるし、とわたしが言うと、

「種類が違うそうですよ」

佐久間さんは苦笑した。納豆に関して語るべきものを持たないわたしは、黙って熱々のコーヒーに息を吹きかけた。

「妻の好物だったんです」

コーヒーが半分ほどに減ったとき、佐久間さんが口を開いた。納豆かと思ったら、サブレのことだった。

「妻も、頭から食べる派でした」

ふたりは、同じ職場で働いていたのがきっかけでつきあい始めたそうだ。

「あの頃は本当に楽しかった」

佐久間さんはつぶやいた。そもそも仕事がおもしろくてたまらず、忙しいのが全然苦にならなかったという。

「そして、妻に出会いました」

仕事が生きがいのようなひとで、結婚後も同じように働くことを望んだ。佐久間さんとしても異存はなかった。切磋琢磨しあえる関係を誇らしく思ったし、有能な妻を家に縛りつけようなんて考えもしなかった。

その妻を失ったのが、三年前のことだ。

「過労死だということでした」

佐久間さんは妻の両親や友人にさんざんなじられた。なぜ彼女を止めてくれなかったのか。そばで見ていてどうして気がつかなかったのか、と。

「僕なりに、彼女を支えているつもりだった」

うぬぼれだったんですね、と佐久間さんは言う。

「それに、鈍感だった」

夫婦が同じペースで働いていれば、と佐久間さんは続ける。女性である彼女により負担がかかる。そんなことは、少し考えればわかったはずなのに。

「なにもかもがうまくいっていると思っていたけど、それは自分の力というわけじゃなかったんです」

妻や周りのひとたちに支えられ、守られていたにすぎない。妻が死んでから、僕はそう考えるようになりました。なんだか自分がとてもちっぽけで、とるに足らない存在に思えてきました。

「会社にいても家にいても、妻のことばかり思い出してしまって」

そのときになって初めて、自分がどんなに妻を必要としていたかがわかりました。

自立した夫婦だ、理想のパートナーだ、と得意に思っていたけれど、実のところ僕は妻に依存していた。完璧だと思っていた世界は、一点に穴が開いたことであっというまに崩れてしまいました。

佐久間さんの話を聞きながら、どうだったっけ、とわたしは思い出そうとする。かつてのわたしの理想のパートナーのことを、そして、突然訪れた別れのことを。

佐久間さんが奥さんを必要としていたように、わたしもあのひとのことを必要としていた？　わたしの世界が崩れた後に残ったのは、なんだっただろう？　答えがもらえるはずはないのに、わたしは佐久間さんを見つめてしまう。知らず知らずのうちに、必死なまなざしになっていたかもしれない。

佐久間さんも気づいたらしく、

「こんなところでする話じゃないですよね」

はっとした顔になり、話をうちきった。

「コーヒー、もう一杯いかがですか?」

けっこうです、とわたしは断り、カップの底の残りを飲み干した。

☘

「今日は納豆の日です」

課長は朝礼で晴れやかに宣言したが、七月十日はわたしにとっては厄日だった。

取引先との商談からの帰り道、わたしの不機嫌は最高潮に達していた。ぐずぐずとはっきりしない梅雨空《つゆ》と、企画書の重みを呪う。なにせ、十部も用意したのにその大半を持ち帰るはめになったのだ。原因である、先ほど別れてきたばかりの先方の担当者を罵《ののし》らずにはいられない。

「どうしてあんなに高飛車なのよ?」

「いつものことですから」

沢森くんにとりなされても、怒りはおさまらなかった。

「悪意があるわけじゃないんですよ」

もともとああいうものの言いかたなんです、と沢森くんは言う。残念ながら、わたしはそこまで達観できない。

「荷物、持ちましょうか」

やつあたりしてもしかたがないのに、差し出された手を振り払ってしまった。久しぶりのヒール靴で、足がじんじん痛む。

その日わたしたちが会った担当者は、新入社員に毛の生えたような若い男である。一時間も待たされた挙句に狭苦しい応接室で向かい合った。出されたお茶は薄く、ほとんど味がしなかった。

「へえ、東京から」

自己紹介をしたときから、そいつは感じが悪かった。目を細め、じろじろとわたしの顔を見る。全体的に起伏の少ない顔だちで、目と目の間が異様に離れているので、わたしは彼をカエルと呼ぶことに決めた。ねずみ色のスーツが、背後の窓の外に広がるどんよりとした空の色に同化している。

「なんでまた」

よっぽどいやなことでもあったんですか、とカエルは横柄な口調で言い、いいえ、とわたしはぴしゃりと答えた。

東京でも、転職の理由はそれこそ何百回も聞かれた。

事情を知った周囲（特に女性）はわたしに同情的だった。同情的な分、わたしの転職に対しては否定的だった。

「たいした男じゃなかったんだよ、別れて正解」

「またすぐにいいひとが見つかるって」

「ばりばり働いて、見返してやりなよ」

かつて戦友だった彼女たちは、言いかたは違うものの、それぞれ一生懸命にわたしを励まそうとしてくれた。でも、そんな心のこもった言葉の数々も、わたしの気持ちを変えることはなかった。

「こんなことで負けるなんてもったいない」

もったいない、というのも、頻繁に使われた表現のひとつである。善意で言ってくれているのだとわかってはいても、わたしは内心いらだった。勝ちとか負けとかはどうでもいい。ただ、少し休みたかった。全身がだるかった。今まで体力を気力でカバーしてきたつけだろうか、と弱気になった。

「今辞めたら、みじめになるだけだよ？」

そう忠告してきた女友達もいる。

「みじめ？」

わたしが首をかしげると、気まずい沈黙が流れた。みじめ、という感覚については、わたしには別の意見があった。ここでがんばり続けるほうが、そしてとりかえしがつかないくらいすり減ってしまうほうが、よっぽどみじめに思えた。せめて冷静な判断能力がいくらかでも残っているうちに動きたい、いや、動かなければ、と考えた。

そしてわたしは転職した。

周りには逃げ出したのだと思われたようだけれど、わたしにはその意識はなかった。あるいは意識しないようにしていただけかもしれないが、今となってはどちらでもかまわない。とにかく当時のわたしは、それまでの状況をリセットして、体力を蓄える時間を必要としていた。きちんと回復してしかるべき時期がきたら、東京に戻ってもいいし、どこか他の街に移ってもいいのだ。

　作戦は、今のところ成功している。

　わたしの生活は安定を取り戻し、わたしの心は平静を取り戻した。ただ、いつまでもこのままでいるつもりはないと思いながらも、今後のことを考えるのが先延ばしになっているというのも事実だ。


　話し始めると、カエルの印象はさらに悪くなった。商品の知識すらおぼつかないくせに、態度だけは傲岸《ごうがん》なのだ。わたしたちのさしだした資料も、一ページ目をさらりと斜め読みしただけで、開こうともしなかった。

「確かにわが社は、今まさに、定番商品のラインナップに加えてプロモーションの商品を検討している最中です」

　わたしたちが説明を終えると、カエルは口を開いた。ただ、とそこでわざとらしく一拍をおく。

「こちらにはプロの企画担当者がおりますから」

　いらいらしているわたしに追い討ちをかけるように、

「わざわざそちらに新しいものを考えていただかなくてもまにあっています」

と、嫌味たらしく言い足した。隣の沢森くんを横目で見ると、神妙な顔をして聞き入っている。少なくともわたしにはそう見えた。

「御社にはどちらかというと、コストの削減や納期の短縮に力を入れていただければありがたいかと」

作っていただくものはこちらが指定いたしますので。指定、を強調してカエルが言い、わたしはついに立ち上がった。

「ちょっと失礼いたします」

あっけにとられている沢森くんを残して、わたしは応接室を出た。ドアを閉める直前に、やっぱり東京のひとは威勢がいいですねえ、という声が聞こえた。

そのまま廊下を横切ってトイレに直行し、手を洗って深呼吸してから部屋に戻る。カエルの姿はすでになかった。

「帰りましょう」

沢森くんが静かに言った。

帰社してから、皆にも相手の失礼ぶりを訴えたが、沢森くんと同じような反応が返ってきた。

「こんなにエキサイトしている弥生さんを見るのは初めてですね」

課長はむしろ楽しそうにしているし、マユミちゃんも西川さんも慣れているせいか、わたしに同調する気配はない。

「何様のつもりなの」

カエルのくせに、とわたしだけが鼻息が荒い。横で聞いていた佐久間さんまで、いつになく、突き放すような言いかたをした。

「うちは下請ですから」

立場というものがあるでしょう、というのはもちろん正論だけれど、正論がいつも納得できるとは限らない。

それにもうひとつ、気がかりな噂もある。あれは先週のことだった。

「乗っ取り？」

朝のバスにそぐわないひそひそ話を始めたのは、駅前から乗り込んできたふたり連れである。斜め後ろの会話に、わたしは思わず耳をそばだてた。途切れ途切れに聞き取れた限りでは、ネバーラの今期の業績が伸び悩んでいて、この支社を切り離して取引先に売り払おうという動きが本社で起こっているとのことだった。

「おれたちどうなっちゃうのかなあ」

困るよなあ、とふたりは弱々しく嘆いている。ちらと振り向くとばっちり目が合ってしまい、わたしはあわてて前に向き直ったのだった。頭髪のさびしいそのおじさんたちは、課長とそう年は変わらないように見えた。

そういえば、とわたしは気がついた。最近なんとなく社内全体がそわそわと落ち着かない。噂はおそらく課長や沢森くん、ひょっとしたら西川さんとマユミちゃんの耳にも入っているだろう。

ふだんどおりにふるまってはいるのに、どこか違和感があるのはきっとそのせいだ。納豆の日などと空元気を出している場合ではない。そんなわたしの気も知らず、

「最初の頃の沢森くんを思い出すなあ」

おかしそうにつぶやいた西川さんに、沢森くんはさらりと言い返した。

「大人になったんですよ」

「大人？」

それはつまり、妥協することを覚えただけではないのだろうか。あんなに夢を語っ

ていたくせに、とわたしがにらむのを気にする様子もなく、沢森くんは使われなかった資料をシュレッダーにかけていく。耳障りな音を立てながらもするすると吸い込まれていく紙の束から目を離さずに、

「大人になることとあきらめることは違います」

などと言う。わたしは返事をせず、自分のデスクに戻った。

七月十日の災難は、それだけでは終わらなかった。仮にもネバーラの社員だというのに、わたしは納豆の日とはとことん相性が悪いようだ。そう再確認させるできごとが、夕方にも起こった。

「お休み？」

思わず情けない声が出た。

翌日の課長のバースデーケーキを予約するために、わたしは会社帰りにミッシェルに寄った。ところがそこで待っていたのは、あさってまで臨時休業すると書かれた貼紙と閉ざされたシャッターだった。今までに何度か買いに来たことがあるけれど、定休日以外で店が閉まっているのは初めてだ。

この町に他にケーキ屋はない。スーパーで売っているものでごまかすという手もないではないが、ホールでは置いていないだろうし、なにより味のレベルが格段に落ちる。うう、とうめいて立ち尽くしたものの、そこにいたところでどうなるわけでもない。わたしは来た道をとぼとぼと引き返した。

タイミング悪く雨まで降ってきた。駅前まで戻ると、バスは行ってしまったところのようで、バス停には人影がなかった。晴れているときはこぢんまりと牧歌的な駅の建物も、コンクリートの壁が雨を吸って変色し、みすぼらしく見える。

わたしは十分ほどベンチに座りこんでぼんやりしていたが、やがてのろのろと立ち上がった。待ち時間の間にスーパーでケーキを物色しよう。

顔を上げたとき、救世主が目に入った。

ケーキを手に入れるもうひとつの方法を、わたしはすっかり失念していたのだ（これもきっと厄日のせいだ）。急いで傘を広げ、道を渡る。先ほどより雨足が強まっているのも、気にならなかった。

「ちょっとお願いがあるんですけど」

なにわにお客はまだ入っていなかった。今日の下準備なのか、店内にはかつおだしのいいにおいが漂っている。

「なんやねん、猫なで声出して」

気持ち悪いなあ、といぶかしそうにしている桃子さんに、わたしは一部始終を説明した。ここにはオーブンとひととおりの調理器具、ついでに小麦粉も砂糖も卵もバターもそろっている。

「しゃあないなあ」

桃子さんはため息をつき、すぐにおもてに出てのれんをしまった。今日は休業にするつもりらしい。

「お店が終わった後に厨房を少し貸してもらうだけでいいのに」

わたしが遠慮すると、

「いや、ケーキ作りとか久しぶりやし、うちもやりたい」

こんな天気だから、今日はどうせ誰も来ないだろうと言う。

「それより弥生ちゃん、作りかたとか知ってんの？」

「いいえ」

そうやろうなあ、と桃子さんは妙に納得してみせた。

「あんまり手作りケーキって感じじゃないもんな」

料理とかしないやろ、と決めつける。なにわで飲む日以外はきちんと自炊しているというわたしの言い分は、あっさりと無視された。

「ちょっと待っててな」

桃子さんは思案顔で奥に引っ込んだ。料理本が出てくるのだろうと待っていたら、一枚の紙を手にして戻ってくる。手渡されたのは、インターネットのサイトのプリントアウトだった。

「桃子さん、パソコンとか持ってるんだ？」

「あんまり使いこなせてないけどな」

さすが桃子さん、とわたしは感心した。同世代のはずのうちの両親は、ファックスさえもろくにさわろうとしない。

「使うのは、メールとインターネットくらいやわ」

ぼけ防止にいいらしいで、と桃子さんは照れ笑いを浮かべた。特に、料理のホームページをよく見るらしい。ブログ形式で毎日の献立や得意料理を公表しているものがたくさんあるという。

「いろんなレシピがのってて、使えるねん」

ほんまに便利な世の中やわ、という言葉に、わたしも心をこめてうなずいた。

レシピはチョコレートケーキだった。桃子さんのお気に入りの上等のココアをおすそわけしてもらって、生地に混ぜ込む。さすがにケーキ型はないものの、グラタン用に使っている耐熱皿で代用できた。

オーブンに入れて焼き始めると、店中に甘いチョコレートの香りがたちこめる。ああ幸せ、と桃子さんはくんくんと鼻をうごめかせた。

ケーキの台が焼き上がったのは九時少し前だった。こっくりとしたこげ茶色が秀逸の出来で、なにわの新メニューにできるかも、とわたしたちははしゃいだ。明日、生クリームとろうそくを買ってデコレーションすれば完璧だ。

「桃子さん、本当にありがとうございました」

今度必ずお礼をすると約束したわたしに、それなら、と桃子さんは上目遣いで切り出した。

「誕生日会、うちもまぜて」

次の日は、またしても出張で東京に戻ってしまった佐久間さんを除いた五人で、六時過ぎになにわへ向かった。

「ここのところ、ほとんど東京ですよね」

会社を出るときに、佐久間さんのデスクを見やりながら沢森くんがぽつりと言った。机の上はきちんと片付いている。

「あっちの仕事が忙しいのかな」

「いろいろあるんでしょう」

と、課長が困ったような顔になる。

「こっちはこっちで大変な時期なのになあ」

沢森くんのため息に、しかたないですよ、と西川さんがなだめるその声も、心なしかいつもより乾いていた。

「やっぱり本社のひとですしね」

佐久間さんは、果たして味方なのだろうか？

わたしの胸にわだかまっているのと同じ疑念が皆の中にもきざしているのが、なんとなくわかる。ひとりひとりに問いただしたわけではないけれど、毎日机を並べて一緒に働いているだけあって、わたしたちはお互いの心の動きに敏感なのだ。

本社が支社を売り飛ばすなんて、噂にしても穏やかではない。スパイというのは言い過ぎだろうけれど、本社の人間に監視されているような気分が、佐久間さんとの間に隙間を作っていた。あれほど熱を上げていたマユミちゃんも、最近ではめっきりおとなしい。

もやもやとした空気を振りきるように、課長がぽんと手を打った。

「来られないひとには悪いけど、今日は思い切り楽しんじゃいましょう」

はあい、とマユミちゃんとわたしが声をそろえた。

せっかくの課長の誕生日だということで、バスではなく徒歩で駅前まで下る。昨夜《ゆうべ》から降り続いた雨はようやくあがり、坂道にはいくつも大きな水たまりができていた。

今日もなにわののれんははずしてある。桃子さんは、カウンターいっぱいにごちそうを並べて待っていてくれた。バイキング形式で好きなおかずを各自で選び、六人でテーブルを囲む。お酒の飲めない課長への心遣いだろう、なにわのメニューの大半を占めているいわゆる酒の肴《さかな》だけでなく、しっかりした料理も多かった。何枚もの大皿の奥に、大ぶりの紫陽花《あじさい》がいけてある。

「あ、納豆も」

課長の好物を用意しようと桃子さんが言い出して、昨日わざわざスーパーに買いに行ったのだ。日頃は注目したことのない納豆コーナーで、その種類の豊富さにわたしは目をみはった。ヨーグルトはプレーンといちご味しか置いていないというのに、こちらは十五種類ほどもある。陣取っている棚の幅も段違いで、あらためてこの町での納豆以外の発酵食品の不遇を実感した。おなかの中には菌は一種類でいいということなのだろうか。

「すてきな器に入れると、違うわね」

西川さんが言う。手を加えようがないので、せめて入れものに凝ろうという桃子さんの苦心が見てとれた。わたしとしては、どっしりと大きなどんぶりに山盛りにされたそれにだけは食指が動かないけれど、ネバーラの面々は気に入ったようだ。

もちろん、中でもひときわうれしそうにしているのは課長だった。さっそく器を抱え、かき回し始める。

「なにからなにまですみません」

わたしが桃子さんにお礼を言うと、

「すばらしいおもてなしをいただいて恐縮です」

もうめでたいって年でもないのに、と課長も横で頭を下げた。手は休めない。にちゃにちゃという音も途切れない。

「お酒は飲みませんけど、また食べに来させてもらいます」

こんなに手のかかったナイスな料理は久々です、にちゃにちゃ。本当に料理がお上手ですねえ、にちゃにちゃ。何度もほめられて、桃子さんは居心地悪そうだった。すでに白い糸で覆われた鉢の中身をのぞきこんで話をそらす。

「一応まぜたんですけど足りませんでした？」

いえいえとんでもない、と課長は言った。

「でもほら、やはり食べる直前に、ね」

「はあ」

「それにしても、そろそろいいんじゃないですか」

課長がやっとどんぶりを手放したので、とりますよ、とわたしは気を遣って声をかけた。

「みなさんもいかがですか」

思ったとおり全員が手を挙げる。糸を引かないようにとりわけるのは至難の業《わざ》だった。それぞれの小鉢の中で、納豆菌は大いに活動中のはずだ。

自分の分を受け取りながら、そういえば、と西川さんがわたしに言った。

「歌もいいんですよ」

かきまぜながら、歌うのだという。わたしは言葉を失った。

「さすがに外では歌いませんけど」

誰も驚かないところを見ると、納豆菌は音楽を愛するというのも、どうやらこの町では常識らしい。それは芸術的なことで、とわたしはかろうじて笑顔を作る。

「外では、ちょっとね」

マユミちゃんも肩をすくめた。ということは、家の中では歌っているということになる。

「食堂でもたまにいますよね」

いる。歌というよりは鼻歌かハミングのような感じだが、確かにいる。よほど昼休みを待ちかねていたのだろうと微笑ましく思っていたのだけれど、まさか納豆菌に聞かせるためだったとは。

「今は話をしながらだったので歌えませんでしたけど、その分、念入りにまぜましたから」

そろそろいいかな、と課長はひと口目にとりかかった。きらきら光る無数の細かい糸が、口もとと小鉢をつないだ。

♣

「暑い！」

わたしがその日何十回目かの文句を言うと、沢森くんは同じく何十回目かの苦笑いを浮かべた。

「東京と気温はそう変わらないはずですよ」

そう言われても、暑いものは暑い。

沢森くんが言うように、猛暑に見舞われているのはここだけではないのかもしれない。でも、全国の気象状況なんてわたしにとってはどうでもいい。問題は、この町だ。

町民の実感として、うちわとひえピタが手放せないここ数日の天気はどう考えても異常だと思う。

　もうすぐ一気に涼しくなりますから、と沢森くんが慰める。

「気長に待ちましょう」

　わかっている。わたしには我慢が足りない。わかってはいるのに、どうしても落ち着かないのだった。

　気温だけの話ではない。わたしの気が晴れない原因は、実はもうひとつある。

　わたしたちが取引先に新しい企画を提案したのは、三週間前のことだ。すぐにいい返事がもらえるとはもちろん思っていなかったものの、依然として連絡がないというのは、いくらなんでも遅すぎる。

　その企画が生まれたきっかけは、課長の誕生日ケーキである。前日の努力は報われて、わたしと桃子さんの合作は大好評だった。

「桃子さんは、料理だけじゃなくてお菓子も作れるんですね」

　すごいなあ、とマユミちゃんが言い、

「今度習いに来てもいいですか」

西川さんも調子を合わせる。

「いや、ケーキはほんま初心者やで」

度重なる賞賛の言葉に調子が狂うのか、桃子さんはいつもに似合わずもごもごと歯切れが悪かった。

「レシピもわからんから、インターネットからとってきたくらいやし」

「へえー」

今度あたしも検索してみます、とマユミちゃんが言う。そのやりとりを聞いていて、わたしはふとひらめいた。

「ブログとか、どうでしょう」

話しかけると、一心不乱におかわりのケーキを口に運んでいた沢森くんが、へ？ と問い返す。唇がクリームまみれだ。当然ながら、甘いもの好きの面々のために、生クリームはたっぷり用意してあった。泡だて器をせっせと動かしながら、こりゃ太るわ、と桃子さんは首を振っていた。

「ほら、企画」

　わたしが言っても、沢森くんはまだ腑に落ちない顔をしている。

「ブログを使って、消費者とコミュニケーションをするんです」

　つまり、商品を口コミで広めていくのだ。売上を伸ばす手段は、なにも商品の種類を増やすだけではない。やみくもに似たような新製品を売り出して飽きられるよりも、今あるものを買ってもらい、使ってもらう機会を広げていくのは有効な手だ。確か、前の職場でつきあいのあった企業で、同じような試みをしているところがあった。あれはお菓子メーカーだっただろうか。

「たとえば、人気のあるブログにモニターを頼んで、うちの製品を使ったレシピをアップしてもらうとか」

　わたしの説明に、なるほど、と沢森くんもうなずく。

「読者のうちの何人かは、そのレシピを見て実際に作ってみるだろうし」

「運がよければ、自分のブログでも紹介したり、また別の人に伝えてくれたりもするかも」

「グッドアイディアだ」

　課長も話に乗ってきた。一般人のブログでも、人気が出ればそうとうなアクセス数になると聞いたことがあるという。課長は年齢に似合わず、こういった流行《はや》りものの情報にけっこう詳しい。

「ポピュラーなブログとコラボレーションするというわけですね」

三人ですっかり盛り上がっていると、西川さんが遠慮がちに口を挟んだ。

「ところで、ブログってなんですか？」

「インターネット上に公開する日記みたいなものです」

沢森くんが答える。ふうん、と西川さんがうなずいたところで、今度はマユミちゃんが口を開いた。

「あと、コラボレーションってなんですか？」

「持ちつ持たれつってことや」

桃子さん、それはちょっとニュアンスが違うかもしれません。思いつつも、わたしはあえて訂正しなかった。

その後もどんどんアイディアが出てきた。お酒が入って、頭が柔軟になっていたのもあるだろう。課長もビール（乾杯用の最初の一杯）を時間をかけて飲み終え、真っ赤な顔をしている。

「ひとつの商品を使ったレシピを消費者から募集して、コンクールをやってみたらどうでしょう」

「ネバーラから情報発信するブログがあってもいいかも」

わたしたちは、自分たちのブログの名前まで考えた。ネバブロ、というのだ。地域のせいにするつもりはないけれど、どうもこの町のひとたちのネーミングのセンスにはついていきにくい。

気づくと、わたしと桃子さん以外の全員のお皿が空になっていた。ネバーラ経営企画部のすごいところは、どんなに熱い議論の最中であっても、甘いものを食べるペースは変わらないことだと思う。

「これで、うちの支社を乗っ取りから守れますよ」

マユミちゃんが潤んだ瞳で言い、全員がうなずいた。乗っ取りという言葉がわたしたちの会話に出てきたのは初めてだけれど、皆の心の中にずっとひっかかっていたのは間違いない。

「きっと、守れます」

と、課長も力をこめて言った。

「いや、守らなくちゃ」

「この支社がなくなったら、困るもんなあ」

沢森くんの言葉に、皆が再び大きくうなずく。

「うちやって、困るわ」

商売上がったりや、と桃子さんもしかめ面《つら》でつけ加えた。


翌日にはさっそく調査を始めた。

桃子さんに教えてもらったサイトを開くと、そこには予想以上にたくさんのブログが登録されていた。試しに人気ランキングの一番上にあったものをクリックしてみると、写真やイラストをふんだんに使ったカラフルな画面が現れる。書いているのは東京近郊に住む主婦で、毎日の夕ごはんとそのレシピを、その日のちょっとしたできごとと一緒に掲載しているのだった。

「けっこう本格的だなあ」

「本になってるものもあるみたいですね」

相互交流もさかんなようで、コメントやトラックバックも多いし、「おともだち」という欄には他のページへのリンクがずらりと並んでいる。消費者どうしの口コミをねらおうとしているわたしたちにとっては、なかなか理想的な状況ではあるようだった。

方針について指示を出すのは自然とわたしの役回りになった。マユミちゃんと西川さんがどんどん印刷してきてくれる中から、わたしと沢森くんでめぼしいものをピックアップしていくことにする。さすがに全員とコンタクトをとるわけにもいかないので、

「アクセスが多いのは確かに重要だけど、ページ自体の印象や、うちの製品に合ったレシピを考えてくれそうかも考えないと」

了解です、と沢森くんがうなずく。

最初はいろいろと雑談をしながらやっていたのだけれど、ふたりともだんだん口数が少なくなり、ついにはほぼ無言で作業に没頭した。狭いミーティングルームに、マウスを操作する音とキーボードをたたく音、それから手元のメモに走り書きする音だけが響く。

「……なんだか、おなかすきましたね」

沢森くんがつぶやいたとき、時刻はすでに三時になろうとしていた。

言われた瞬間に、わたしもおなかがぺこぺこなのに気がついた。もちろん時間帯が最大の理由なのだけれど、美味しそうな食べものの画像を見続けていたのも、夢中でやっていてカロリーを消費したのも、きっと関係しているに違いない。そんな複合要因でもなければ説明できないくらいの、とにかく尋常ではない空腹感だった。

わたしと沢森くんは顔を見合わせ、散らかっている机もそのままで立ち上がった。入り口に近いほうに座っていた沢森くんがドアを開ける。

「うわっ」

おかしな声を上げてあとずさるのでわたしが肩越しにのぞくと、マユミちゃんが大きなお皿をささげ持つようにして立っていた。

このミーティングルームは変わったつくりになっている。通路に面した壁はガラス張りでブラインドがついていて、外からは中の様子が見えるけれど、中から外は見えないのだ。セクハラ対策、と課長は言っているが、マユミちゃんによると、さぼり対策ということらしい。

「沢森さん、反応がオーバーです」

おやつの時間、とマユミちゃんは言い、手に持っていたものを差し出した。皮付きのすいかが六切れ並んでいる。誰かの差し入れなのだろう。ひょっとしたら、そのへんの畑でとれたものなのかもしれない。

「ありがとう」

沢森くんがそれを受け取ろうとしたところで、待って、とわたしは言った。沢森くんとマユミちゃんが同時にこちらを振り向く。

「向こうで食べよう？」

皆と一緒に、とわたしは言った。

一瞬きょとんとした沢森くんはすぐににっこりして、部屋の外に足を踏み出した。わたしもその後に続く。マユミちゃんが、ドアを押さえていてくれた。

企画書ができあがったのは、その一週間後だった。全体はわたしがまとめたが、沢森くんにもけっこう手伝ってもらった。

「グレイト」

一気に文書を読み終えた課長は、資料の表紙をなでながらわたしたちの労をねぎらってくれた。

「弥生さんの力ですね」

「沢森くんが助けてくれなかったらできませんでした」

あくまで日本人的に謙遜しあう部下たちに、エクセレント、と課長は満面の笑みを浮かべたのだった。

この件での取引先との「コラボレーション」は課長の発案である。わたしたちが単独で情報発信することによって取引先のビジネスが伸び、間接的にネバーラの売上が伸びる、という考えかたもできなくはない。でもやはり今の段階では、消費者との直接の接点を持っている取引先と協力するほうが現実的だという課長の主張（実際にはリアリスティックという単語を使った）に、わたしと沢森くんも同意した。

静観というのか傍観というのか、いつもはわたしたちのやることに口出ししない姿勢をとっている佐久間さんも珍しく興味を示し、話の輪に加わった。発言中に佐久間さんにじっと目をのぞきこまれると、なんだか値踏みされているようでどきどきした。緊張しましたね、と沢森くんも閉口していた。

その次の日に、わたしと沢森くんで取引先に出かけた。

「検討しておきます」

前回と同様に感じの悪い担当者は、企画書をぞんざいに机に投げ出した。わたしはもちろん中座せず、よろしくお願いします、と礼儀正しく頭を下げたのだった。

思えば、あの時点ですでに嫌な予感はしていた。そういう予感は、たいてい的中するものだ。

百パーセント的中した、と言いたいところだけれど、百五十パーセントと言ったほうが正確かもしれない。なんなら二百パーセントでもいい。つまり、事態は予測していたよりさらにひどい方向に展開した。

見つけたのは、マユミちゃんである。

「弥生さん、大変です」

電話が鳴ったのは、夜中の一時過ぎだった。緊急事態であることはある程度予想がつく時間帯だったので、マユミちゃんの声がせっぱつまっていることにもそれほど驚かなかった。

「どうしたの」

こんな時間に、とわたしが聞こうとするのをもどかしげにさえぎって、

「今、ネットってつなげます？」

マユミちゃんは早口で言った。ちょうどメールをチェックしていたところだと答えると、

「じゃあ、すぐに見てみて下さい」

いくつかのレシピのブログの名前を挙げる。

最初のものを開いてみて、わたしは息を飲んだ。ブログのトップページ、一番目立つところに、わたしたちが企画をもちこんだ取引先のロゴマークが現れたのだ。その下に、短い文章がついている。

「納豆を使ったレシピ募集……ネット投票でグランプリ決定、豪華賞品……応募者全員に人気商品プレゼント……」

わたしが機械的に読み上げると、

「どうして？」

マユミちゃんが泣き出しそうな声で言った。どうして、とわたしもつられて口走る。

でももちろん実際のところは、どうしてなのかだいたい見当はついていた。

翌朝一番に、わたしたちは全員で大会議室のテーブルを囲んだ。皆、顔がひきつっ

ている。

「なにを考えてるんでしょう？」

「これ、犯罪ですよ」

「あたしたちがあんなにがんばって考えたのに」

熱くなっている沢森くんやマユミちゃんの横で、わたしは話す気力も起きなかった。一晩おいて怒りは脱力感に変わっている。乗っ取られてしまえば同じことだ、と投げやりな考えすら浮かんでくる。

課長もどちらかというとわたしに近い気分のようで、口数が少なかった。

「抗議しましょうよ」

沢森くんが訴えても、うーん、と歯切れが悪い。

「このまま泣き寝入りですか？」

「うーん」

マユミちゃんらしい勇ましい発言を聞きながら、わたしはしきりと汗をふく課長の横顔を見やった。

課長がためらう気持ちもわからなくもない。こういうアイディアの奪いあいは珍しいことではないし、たいていの場合、先に外に発表してしまったほうが勝ちだ。ここで下手《へた》に相手を攻撃して後々の関係にまで響いてしまうのは得策ではない、そんな判断も、ある意味妥当かもしれないのだ。

「ことを荒立てると、後が大変かもしれないですしね」

わたしが黙りこんでしまった課長の肩を持つと、沢森くんは憮然として反論した。

「じゃあ、このままでいいんですか？」

弥生さんだって、一緒にがんばってきたじゃないですか。どんなにこの企画に力を入れてきたか、よくわかってるでしょう？

「今回は、事なかれ主義には賛成できません」

そこまで言われるとむっとした。わたしだって、一生懸命に考えてきた企画を横取りされてしまったことが悔しくないわけはない。ましてこれは、支社を守るための大切な武器になるはずだった。だからといって、怒りにまかせて反発したところで問題は解決しない。

「大人になったんじゃなかったんですか？」

わたしが皮肉をこめて言うと、大人は怒るべきところではちゃんと怒るんです、と沢森くんは応戦した。思わずわたしの声もとがる。

「それは、わたしへのあてつけ？」

「担当者の態度が気に入らないのと、企画を盗まれるのとでは次元が違います」

結局、と沢森くんは低い声を出した。

「弥生さんは戦うのがこわいだけじゃないですか」

プライドが高すぎるんですよ、と言う。

「本気を出して失敗したらかっこ悪いと思ってるんでしょう？　負けるのが恥ずかしいから、初めからがんばろうとしないんでしょう？」

沢森くん、と西川さんが小さな声でさえぎると、沢森くんはやっと我に返ったようだった。

「……すみません」

でももちろん、今さら謝られたところで重苦しい沈黙は消えはしない。

そのとき、それまで議論には加わらずになにか考えこむようにしていた佐久間さんが口を開いた。

「僕が、行きましょう」

皆の視線が、佐久間さんに集まった。

「でも……」

課長が口ごもる。その場にいた全員が、でも、の続きを考えているのがわかった。

佐久間さんは東京から一時的に来ているだけだし、取引先と面識があるわけでもない。もちろんわたしや沢森くんに比べたらしっかりしているけれど、交渉するのに適任だとはいいにくい。ここはやはり、課長が出ていくのが筋というものだろう。

それともやはり佐久間さんは本社からの偵察役で、こっそり取引先と会ったりしていたのだろうか。そんな疑いも、わたしの頭をよぎった。

それでもとっさに本人に向かって反論することはできなくて、わたしたちが顔を見合わせているうちに、

「結果は後でご報告します」

佐久間さんはすたすたと部屋を出ていった。意外なことに、課長は引き止めようとしなかった。

「じゃあ、せっかくだから佐久間さんを待ちましょう」

拍子抜けするくらいさっぱりと立ち上がる。この膠着《こうちゃく》状態を抜け出せて、むしろほ

っとしているのかもしれない。取り残されたわたしたちはなんだか毒気を抜かれた形になり、ぞろぞろと各自のデスクに戻った。

部屋を出るときに沢森くんがわたしの顔を見て口を開きかけたが、いいの、とわたしは首を振った。本当のことだから、とつけくわえようかとも思ったけれど、蒸し返すのもいやなのでやめておく。すでに佐久間さんの姿はなかった。

「アポも取らずに行って、会ってもらえるのかなあ」

沢森くんが誰にともなく言った。

「大丈夫かしら」

西川さんとマユミちゃんも心配そうな顔をしている。

支社のわたしたちにとって敵か味方かは別として、とわたしも思う。やはり佐久間さんはネバーラの社員なのだ。取引先で冷たくあしらわれる様子はあまり想像したくない。でも逆に、それが現場の実態だともいえる。あの傲慢な担当者に会っておくという経験も、佐久間さんがここにやってきたそもそもの（表向きの）目的にはかなっているのかもしれない。そう解釈することにして、わたしは無理に自分を納得させた。

佐久間さんから電話があったのは、その日のお昼過ぎだった。

「二社合同のプロジェクトチームが組まれることになったそうです」

わたしたちに見守られながら、神妙な顔で佐久間さんからの電話に応答していた課長は、受話器を置くと笑顔になった。あっけにとられている皆を尻目に、いやあよかったよかった、と何度も繰り返している。

「これから忙しくなりますよぉ」

わたしたちの共通の疑問は、マユミちゃんが代表して聞いてくれた。

「佐久間さんて、何者ですか？」

課長は笑顔をひっこめた。そしてわたしたちを見渡して、

「次期社長です」

と、小さな声で言った。

佐久間さんは取引先の専務だか常務だかと会って、直接話をつけてきたらしい。こ

ちらが下請とはいえ長年のつきあいだけあって、トップ同士の話し合いはスムーズに運んだそうだ。

佐久間さんが社長の息子であり、いずれネバーラを継ぐのだということは、東京ではもちろん周知の事実である。こちらでも、役職つきの社員は皆事情を知っていたものの、

「妙なプレッシャーを感じてもらいたくない」

なるべく若手には言わないでほしいと佐久間さんが頼んだのだという。そうは言っても噂は広まるものだけれど、人数が少ない上に他部署との接触があまりない経営企画部のメンバーには、この手の社内情報がなかなか伝わってこない。特に今回は、話してほしくないと言っている当人が一応はここの所属になっている。しかも未来の社長となると、むやみに話題にするのは気がひけるだろう。

「黙っていたことは謝ります」

佐久間さんが頭を下げた横で、課長も申し訳なさそうにしていた。

今回の「研修」は、いわば後継者としての修業および挨拶回りという位置づけらしかった。履歴書に書いただけのわたしの経歴について知っていたのも、「どこかで見

たことがある」という沢森くんの発言も、合点がいった。父親である現社長と佐久間さんの顔立ちはよく似ているのだ。

「あと、乗っ取りの話ですが」

ぎくしゃくした空気には、佐久間さんもちゃんと感づいていたらしい。

「絶対にそんなことはさせません」

次期社長の約束なのだから、安心してもよさそうだ。よかったあ、とわたしは思わず声をもらした。隣のマユミちゃんが、わたしの手をぎゅっと握った。


「僕はずっと、父に反抗していました」

その晩なにわで日本酒をなめながら、佐久間さんは話し始めた。

ふたりきりなのは前回のように偶然のことではなく、確信犯である。夕方、この間の話の続きをしませんか、とメールが来たのだ。顔を上げると、すぐそこに座っている佐久間さんと一瞬だけ視線が合った。わたしはなんとなくあわてて画面に目を戻し、はい、とだけ返信したのだった。

「この会社になんの愛着も持てなかった」

会社にかかりきりで家庭をかえりみない父親のことも嫌いだったという。

「どこまでいってもしょせんは下請の、田舎の会社だと思っていました」

まあ実際そのとおりなんですけど、と苦笑いする。少なくとも、今の時点ではね。

ネバーラ発祥の地はこの町で、そこから東京へ進出したのである。創業当初はここの支社の建物が本社ビルだったらしい。

佐久間さんが東京で証券会社に就職したのは、ネバーラを継ぐつもりはないという周りに対する意思表明であると同時に、自分として人生の方向性をはっきりさせる意味あいもあった。

妻の死までは全てが順調だった。逆に、順調だった分だけその後が悲惨だったのだけれど。

「葬式がすんでしばらくして、父から久しぶりに連絡があったんです」

おまえ、弱ってるんだろう、と父親は言った。

「挨拶もなにもなく、いきなりそれですよ」

佐久間さんは弱く笑う。いつもならかっとなって反論するところだけれど、そのときはさすがに言い返せなかったらしい。

帰ってこないかとすすめる父親の口ぶりは、あくまで淡々としていたそうだ。自分の希望というのももちろんないとはいわない。でもなによりもおまえにとって、それが現状を打開する一番の方法だと思う。そんな内容を、父親はあまり感情をこめずに手短に語った。

「弱っているときに強がるのは馬鹿のやることだって、言われました」

皆待ってる、と父親は最後に言った。帰ってきたら悪いようにはしない、と。

「そもそも僕には、状況がこれ以上悪くなることがあるとは思えませんでしたけどね」

佐久間さんが辞表を出したのはしかし、「その言葉にほろりときたとか、親父《おやじ》の愛情に心が動いたとか」では「全然なかった」らしい。

「あれが愛情かどうかは今でも疑問です」

もちろん妻のことは同情してくれてはいたものの、

「我の強い僕がおちこんでいるのを、むしろおもしろがっているような気配もありましたからね」

佐久間さんは肩をすくめ、日本酒をもうひと口飲んだ。

「僕としては、もうやけくそで」

正直、最初はなげやりな気持ちでネバーラに入ったのだという。東京を離れて気分を変えてみるのもいいかもしれないとも思った。考えが甘かったと悟ったときには、もう遅かった。

「気分転換でリフレッシュしようなんて、とんでもなかった」

よく考えたら当然のことだ。ビジネスのしくみも会社の人間関係もなにひとつ知らない上に、どこに行っても社長の息子のレッテルがついて回る。いまさらなにをしにきたんだ、と社内での風当たりも強かった。

「うまくいかないことだらけでした」

佐久間さんは言いながら、それでもなつかしそうな顔をした。

「親父はもちろんなにも助けてくれないし」

しかし、うまくいかないことだらけのその状況に救われた部分もあった。余計なことを考えたりとりつくろったりせずに、ただ目の前にある問題だけをひとつずつ解決していけばいい。

「肉体労働です」

心が疲れたときには、と佐久間さんは微笑んだ。体を動かすのが一番です。

「久々に、ちゃんと眠れるようになったんですよ」

支離滅裂な夢に邪魔されずに、と佐久間さんは言う。泥の中に沈みこんでいくような疲労の果ての深い眠りは、わたしにも想像できた。

そうして働いているうちに、

「ここは避難所じゃなくて戦場で、でもそれでいいと思えるようになった」

わたしに向かってというよりも半ばひとりごとのような調子で、佐久間さんは話をしめくくった。戦場というのは物騒な響きだけれど、ハッピーエンドと言えなくもない。

「長々と話してしまってすみません」

いつものきびきびした話しかたに戻った佐久間さんは、のどがかわいちゃったな、と再びビールを注文した。

「弥生さんもいかがですか」

気がつくと、わたしの盃も空になっていた。


「ところで」

二度目の乾杯をしてから、佐久間さんは再び口を開いた。さりげない口ぶりとは裏腹に、内容は単刀直入だった。

「いつ、戦線復帰なさるんですか？」

戦線復帰。

急に話を向けられて、わたしは答えられなかった。

「弥生さんはもう十分に回復しているように見えます」

自分でも気づいているんでしょう、とさらにたたみかけられる。

「ここに来る前になにがあったのか、僕にはわかりません。失礼な言いかたになるかもしれませんけど、別に知りたいとも思いません」

かんで含めるように、佐久間さんはひとことずつ言葉をつむいだ。

「どんなひとにも人生が手に負えなくなるときはある」

そして、そのときに休むのは正しい。

わたしはゆっくり息を吐く。その厳然とした事実を、一年前のわたしは知らなかった。知る機会がなかったし、知ろうともしなかった。

「春にここに来て初めて弥生さんに会ったとき、なんとなくしっくりこないところがありました」

「四月、でしたっけ」

わたしがそろそろこちらになじみ始めた頃だ。

「もちろん、東京からわざわざこちらに引っ越してきたというのがひっかかったというのもあります」

しかし、浮いていたというわけではなくむしろ逆で、

「調和しすぎているっていうのかな。無理して溶けこもうとしている感じでは全然なくて、そこが不思議だったんです」

佐久間さんはそこでいったん言葉を切って再び盃を少し傾け、口調を改めた。

「あなたは頭のいいひとだ」

だから自然と、一番効率のいいやりかたでここに適応しようとしていたんでしょう。なにも考えないようにするというやりかたで。半分は意識的だったのかもしれません。そしてたぶん、半分は無意識のうちに。

わたしは反論せずにじっと聞いていた。

「もちろん、そのことが弥生さんにとってマイナスだったとは言いません」

四か月間一緒にいて、本当にそう思う。自分のようにショック療法でストレスに押しつぶされそうになるよりも、無理せずに自分のペースで元気になれてよかった。

「でも、そろそろいいんじゃないでしょうか」

佐久間さんは、潮時という言葉を使った。笑みをにじませてはいるが、強い視線でわたしを見据える。

「沢森くんがあんな言いかたをしてしまった気持ちも、わからないでもありません。失敗を恐れてためらわなくてもいいと思うんです」

弥生さんは慣れていなかったからびっくりしたのかもしれませんけど、と佐久間さんは小さく笑った。世の中にはうまくいかないことのほうが多いんですよ？

「経験者が言うんだから、間違いありません」

カウンターの向こうで、桃子さんもかすかにうなずいていた。

なんだか雲ゆきがおかしくなってきたのは、会話のどのあたりからだっただろうか。

「弥生さんがここを気に入っていることは知っています」

確かにここは居心地がいい。佐久間さんの言うとおり、わたしが元気になったのは、自分ひとりの力というよりもこの場所や人々によるところが大きいだろう。

「僕も仲間に入れてもらえて、楽しかった」

ここに来てよかった、と佐久間さんはカウンターの表面をそっとなでる。

「できればもっと長くいたいくらいだ」

その横顔を見ながら、ふと思った。乗っ取りの話は本当だったのかもしれない。具体的な話が進んでいたわけではなさそうだけれど、アイディアとしては存在していたのかもしれない。火のないところに煙は立たない。

「僕がそう思うくらいだから、弥生さんの気持ちは察しがつきます。ここのメンバーだって、弥生さんがいなくなるとさびしがるでしょう。仕事の戦力という意味でもかなり痛いはずです」

佐久間さんは一息に言い、それはわかるんですが、と言葉を切った。

「この間東京に帰ったとき、周りにあなたのことを話してみました」

わたしたちの視線が交差した。

「僕と一緒に、東京で働きませんか？」

少し考えさせてほしい、とわたしは答えた。

「もちろん、すぐに結論を出してほしいとは言いません」

と、佐久間さんは言った。

「ゆっくり考えてみて下さい」

「ゆっくり考えてみて下さい？」

わたしが目を上げると、にやにやしている桃子さんの顔が目の前にあった。

「プロポーズ、それ？」

「まあ、そんなようなものです」

わたしがあわてて打ち消すより先に、佐久間さんはすましで答えた。

「実際、その覚悟です」

「佐久間さんってほんまに男前やなあ」

桃子さんはすっかり感心している。

「弥生ちゃんのこと、うちからもよろしく頼みますわ」

幸せになってな、と桃子さんが言い、任せて下さい、と佐久間さんが請合う。ぼうっとしていたわたしはようやく気を取り直し、だんだんエスカレートしていくふたりのやりとりを止めにかかった。

週明けには、噂は部内に知れ渡っていた。佐久間さんは「研修」を終えて東京に戻ってしまったので、わたしが集中砲火を浴びることになる。

月曜だというのに、わたしはマユミちゃんに半強制的になにわへと連行された。沢森くんも一緒だった。

「てことは、将来は社長夫人？」

「だから、プロポーズじゃないってば」

マユミちゃんは興奮して何度も同じことを繰り返し、わたしはそのたびに否定する。らちがあかない。

「一緒に働こうって言われただけ」

「同じことじゃないですか」

全然違う。

「マユミちゃんはもうあきらめたん？」

この騒ぎを引き起こした諸悪の根源だというのに、桃子さんにはまったく反省の色はない。はい、とマユミちゃんは元気いっぱいで返事した。

「切り替えの早いひとなんです、あたし」

佐久間さんはすてきだけど、年の差もあるし、忙しそうだし。ふうん、と桃子さんは少しつまらなそうにしたが、ふと思い出したように、

「ところで、こないだ連れてきた子って高校生？」

聞き捨てならないことを言った。ようやく情報提供元として気がとがめたのかもしれないし、ひたすら質問攻めにされているわたしに同情したのかもしれない。ところが、わたしがそのパスを拾う前に、マユミちゃんはすばやくさえぎった。

「そんなことはどうでもよくて」

今日は弥生さんの話でしょう、とまたこちらへと向き直る。

「さびしくなりますね」

沢森くんがぽつんと言い、

「せっかく仲良くなれたのになあ」

桃子さんもため息をつく。

「まあ、めでたいことやけど」

まだ、行くと決めたわけではない。話題の中心はわたしのはずなのに、誰ひとりとして本人の意見を聞いてはくれないのだった。

「でも、社員旅行は一緒に行きましょうね？」

今月末だからまにあうでしょう、とマユミちゃんが言う。やっと話が変わって、わたしはほっと息をついた。この糸口を逃す手はない。

「どこに行くんだっけ？」

「温泉やろ」

ええなあ、と桃子さんがすかさず口を挟む。

「桃子さんって、誰よりもうちの会社の事情に通じてますよね」

沢森くんの口調は少し皮肉っぽく聞こえたが、まあな、と桃子さんはまんざらでもなさそうにしていた。

「そうですよねえ」

もうひとり、沢森くんの真意が伝わらなかったひとがいたようだ。悪びれずにうなずくマユミちゃんの向こうで、わたしの視線に気づいた沢森くんは軽く眉を持ち上げてみせた。

今日は誰も飲みすぎることなく、わたしたちは早めになにわを後にした。夕立がきたらしく、地面がしっとりと湿っている。

「さびしくなりますね」

反対方向のマユミちゃんと別れ、水たまりをよけて歩きながら、沢森くんはもう一度そう言った。

それきりしばらく会話が途切れて、わたしたちは黙々と歩いた。携帯が鳴ったのは、五分ほど歩いたときだっただろうか。

「弥生ちゃん？」

桃子さんだ。

「やっぱりもうちょっと飲まへん？」

店の前まで送ってくれた沢森くんは、

「僕、今日はこれで失礼します」

女同士で心置きなく語り合って下さい、とにっこりして帰っていった。

戸を開けると、桃子さんはすでにカウンターの端に腰かけて待っていた。瓶ビールとグラスがふたつ用意してある。

「ごめんな、わざわざ。なんか、ひさしぶりに弥生ちゃんと話がしたくなってん」

最近あんまりしゃべってないし、と言われて考えてみたら、確かにふたりきりで話すのは久々のことだ。そんな気がしないのは、いつもカウンター越しに顔を合わせているからだろう。

「みんな意外とひきとめてくれないんですねえ」

ビールをついでもらいながら、何の気なしにつぶやくと、桃子さんにばっさりと切り捨てられた。

「弥生ちゃんってかしこいのに、たまにものすごい頭悪いこと言うなあ」

まあそこでバランスがとれてるっていうかなんていうか、とぶつぶつ言いながら眉をひそめる。ほめたいのかけなしたいのかわからない。

「ひきとめたくないわけないやろ？　沢森くんなんか、ずうううっと辛気くさい顔してたやん」

力説されても、わたしにはぴんとこなかった。

「そうでした？」

「もう、お通夜みたいやったわ」

それはオーバーだと思ったが、本人がいないのをいいことに、桃子さんは言いたい放題だった。

「あんまり正直なんも考えもんやなあ」

まだビールを軽く飲んだだけなのに、頬がうっすらと上気している。

「でも、この町にいると慣れてくるんよね」

「慣れる？」

「ひとを、見送るってことに」

なにしろどんどん人が出ていくから、と桃子さんは言った。

「確か沢森くんの兄弟も、みんな都会で働いてるはずやわ」

その話なら、以前に本人から少しだけ聞いたことがある。末っ子の沢森くんだけがこの町に残って、両親と一緒に住んでいるらしい。兄たちは年に一回帰ってくればいいほうなのだと苦笑していた。

「こっちがどんなに行かんといてほしいと思っても、結局は本人が決めることやからなあ」

だから笑って送り出すしかないのだ、と桃子さんは言った。自分たちにできることは、その決断を祝福することと、うまくいくように祈ることなのだ、と。

「だって結局、幸せになってもらうのが一番やから」

安っぽい言いかたになるけど、と煙草に火をつける。わたしは強く首を振った。

「それにうちの場合、だんなを見送ってからはあんまり余計なことは考えんようになったわ」

一生の別れじゃあるまいし、会いたいときはいつだって会える。桃子さんはきっぱりと言い、そこでふっと真顔に戻った。

「弥生ちゃんやって、いつだってここに帰ってこられるんやで」

でもとりあえずがんばっておいで、とわたしの頭をぽんぽんと軽くたたく。帰ってくるという表現に、違和感はちっともわいてこなかった。

☘

二泊三日の社員旅行の行き先は、わたしたちの町よりもさらに山奥の小さな村だった。日に三本しかないというバスは貸し切り状態で、小学校の頃の遠足を思い出し、わたしは飽きずに山の風景を眺めていた。

「自然を美しいと思うようになるのって、年齢的なものらしいですよ」

という沢森くんからの豆知識については、深く考えないことにした。

他のひとたちはわたしのようにきょろきょろしてはいないものの、周囲の緑の色が濃くなるにつれて、だんだん表情がリラックスしていく。

「毎年同じとこなんですよ」

もっと都会に行きたい、と不平を言っていたマユミちゃんも（じゃあ皆でディズニーランドにしましょうか、と課長に切り返されてあきらめていた）、バスに揺られているうちにはしゃぎ始めた。皆でおやつを交換したり、運転手さんにことわってアカペラでカラオケをしたり、そうかと思えば、始まったばかりのブログの運営について真面目な議論が始まったりもした。

昼過ぎに町を出て、到着したのは夕方近かった。

夕食の前に、さっそく温泉に入ることにする。とんでもなく不便な場所にあるので観光地としては有名ではないけれど、たっぷりとしたお湯は見事なものだった。旅館には小さいながらもちゃんと露天風呂がついていて、湯船からは山をのぞめる。森を染める夕焼けに、わたしたちは歓声を上げた。

「すべすべになるのよ」

全身にお湯をすりこむ西川さんのまねをして、わたしも手足をさすってみた。陽を受けて黄金色に輝く透明なお湯からは、かすかに硫黄のにおいがする。

「いいところですねえ」

実感のこもった言いかたになった。辺鄙《へんぴ》だけどねえ、と口では言いながらも、西川さんは自分がほめられたかのように顔をほころばせる。

「ここなら、いつまででも入っていられるわ」

わたしも同じく長風呂派だ。わたしたちがいつまでたっても動こうとしないので、マユミちゃんはとうとう音《ね》を上げて出て行ってしまった。

化粧を落として無防備におでこを見せたマユミちゃんは、いつもとは別人のように見えた。もともと彫りが深いので、顔立ちというよりは、むしろ雰囲気の問題だろう。わたしが二十歳の肌に見とれていると、そんなにじろじろ見ないで下さい、と怒られた。

「弥生ちゃんは、すっぴんでも全然変わらないわね」

わたしたちのやりとりを眺めていた西川さんがのんびりと口を挟む。その鋭いコメントに、マユミちゃんもわたしも口をつぐんだ。

山の幸をふんだんに使った夕食の後は、自由行動になった。

「明日の宴会に備えて今日は早寝するように」

課長が厳かに言う。

「去年は課長がひどいふつかよいで」

横にいたマユミちゃんがわたしにささやいた。帰りの山道はくねくねと険しく、地獄を見たらしい。

部屋に戻ると、西川さんはもう一度お風呂に入ると言い、マユミちゃんはマッサージを頼んだ。どちらかに便乗してもよかったのだけれど、ここまで来たのだから、とわたしはひとりで散歩に出た。

旅館の敷地内には、建物を囲む形でぐるりと遊歩道が作られ、等間隔であかりがともっている。どんなに静かだろうと思いきや、虫の声がにぎやかだった。木立の上に、糸のように細い三日月がかかっている。一周するには思いのほか時間がかかったが、途中では誰ともすれ違わなかった。

ちょうど玄関の手前まで戻ってきたとき、向こうから人影が近づいてきた。暗くて顔までは見えないものの、体型ですぐに誰だかわかる。旅館の名前の入った浴衣《ゆかた》がきゅうくつそうだ。

わたしのすぐ前まで近づいて、課長はおもむろに口を開いた。

「断ったそうですね」

少し歩きましょうか、と言われてわたしはうなずいた。

さっきまで歩いてきた道を、今度はふたり並んで逆回りに進む。黙ったままの課長の横顔をうかがうと、笑っているような怒っているような、奇妙な表情をしていた。


佐久間さんには先週会った。

待ち合わせは六本木にあるダイニングバーだった。久しぶりに東京に出て、車と人間の多さにはびっくりしたものの、覚悟していたよりもずっと違和感は少なかった。

「なにわ以外の店で飲むのは初めてですね」

言い合いながら、乾杯した。せっかくだから、なにわでは絶対にのめないフレッシュフルーツのカクテルを注文した。少し濁ったようなピンク色の可憐なお酒は、プラムの酸味が食欲を刺激する。

前菜から始まったコース料理の途中で、ワインをボトルで頼んだ。デザートのティラミスを食べ終えるまではたわいのない会話が続いた。

わたしが結論を告げたのは、食後のお茶が運ばれてきてからだった。今の場所でもう少し働きたいと言うと、佐久間さんは顔をしかめてみせつつも、そこまで驚いた様子はなかった。

「なんとなく、そんな気はしていました」

あの職場は楽しいですもんね、と言う。

「でもせっかく、外堀を埋めるところから始めたのになあ」

外堀。

「みなさんはどういう反応でした」

エスプレッソのカップをもてあそびながら聞く佐久間さんに、もしかして、とわたしは気になっていたことをたずねてみた。

「なにわで言ったのって、計算ですか？」

「ええ、もちろん」

佐久間さんは涼しい顔でうなずいた。

「皆に知られてしまったほうが、断りづらくなるかなと思って」

「……………」

社長の器ですね、と嫌味を言うのが精一杯のわたしに向かって、佐久間さんはもうひとつ意外なことを口にした。

「実は沢森くんにも声をかけたんですよ」

わたしがびっくりしていると、知らなかったでしょう、と愉快そうに言う。

「彼には、弥生さんとは別の作戦で攻めてみたんですけどね」

今の職場が気に入っているし、なにより、生まれ育った町を離れたくないということで断られたそうだ。沢森くんらしい理由にわたしは納得したものの、

「別の作戦？」

気になって聞くと、佐久間さんは意味ありげに笑った。

「弥生さんももちろん誘うつもりだ、僕たちと一緒に東京で働きませんか、と言ったんです」

かなりぐらついていたと思うんですけどねえ、と惜しそうに首を振る。わたしは再び言葉につまった。うちの次期社長はまったく油断できない。でも、いつかこのひと

と一緒に働いてみたい気もする。

「課長は幸せ者ですね。真面目な話、ふたりを手放してしまったら、そうとう苦労したと思いますよ」

佐久間さんはそう言って、これで僕の二敗か、とつぶやいた。

「マユミちゃんならついてきてくれたかなあ」

食事の後は地下鉄の駅まで歩いて、そこで別れた。地下道への入り口で、どちらからともなく握手した。

「ネバーラを、これからもっとよくしていきましょう」

佐久間さんの言葉に、沢森くんもそう言っていました、とわたしは答えた。課長も西川さんもマユミちゃんも、きっと同じ気持ちだ。

「ネバーラで働くの、楽しいです」

最後に言うと、僕もです、と佐久間さんは再びわたしの手を握った。

「東京が恋しくなったら、いつでも連絡下さい」

階段を下りていく佐久間さんの背中を見送ってから、わたしはゆっくり歩き出した。ホテルの建物はすぐそこだ。

十一時を過ぎても、歩道はひとであふれている。統一感のないライトアップで飾りつけられた街はごちゃごちゃしていて、でも、美しかった。


「わたしも昔、東京で働いていたことがあります」

課長がふいに話し始めたので、わたしは足をゆるめた。

「子供向けの英語教材の営業をしていました」

課長は大学生のときにイギリスの田舎町に留学していたそうだ。帰国後、本当は英語を生かした仕事につきたかったのだが、就職先はなかなか決まらなかった。せめてと思って選んだその会社は、扱っているかわいらしいイラスト入りのテキストからは想像もつかない、軍隊的な職場だったらしい。

「きつかったですよぉ」

一年で、体重がほぼ半分になったという。

「……半分」

わたしが絶句すると、課長はかすかに微笑み、でもすぐに表情をひきしめた。

「いやあ、笑いごとじゃなかったです」

実家に帰っても、親にすら誰だかわかってもらえなかったらしい。慣れない東京暮らしも体調を悪化させ、最後にはノイローゼぎみで故郷の町に戻ってきたそうだ。

「後悔はしていません」

わたしにはあんながむしゃらな働きかたは合っていなかったし、そもそも東京では暮らせない体だったんでしょう、と澄んだ声で言う。

「今の仕事も職場の人間関係も気に入っている。ここに戻ってきてよかったと心から思っています」

でも、と課長はそこで言いよどんだ。

「たまに、思うときがあるんです」

あそこでふみとどまって東京で働き続けていたら、自分の人生はどうなっていたんだろうって。

「初めて弥生さんに会ったとき、昔の自分を思い出しました。こんなことを言うのは失礼ですけど、とても疲れているように見えました」

初めは手を抜いていたでしょう、と言われてぎょっとした。立ち止まってしまったわたしを置いて課長はそのまま進み、二、三歩先で振り向いた。

「責めているわけじゃないんです」

そういう暮らしも悪くない。東京で身を削って働くより、ここでのんびり生活していくほうが幸せだというのもひとつの考えかただ。自分の選んだ道なら、その決断を尊重したい。そんなふうに、思ったのだという。

「でも、やっぱりもったいない。特に、ここのところの弥生さんの働きぶりを見ているとそう思います」

支社でできることというのはどうしても限られている。やはり本社で、百パーセントの力で、もっと大きな仕事をやったほうがいい。佐久間さんも歓迎してくれるはずだ。課長がぽつぽつと話したのは、だいたいそのような内容だった。

課長にも頼まれました、という佐久間さんの声がよみがえる。弥生さんのような優秀な人材は本社で働くべきです、と課長は頭を下げたそうだ。言われなくても誘ってみるつもりでしたけど、と佐久間さんは微笑んでいた。

「ここは、あなたみたいなひとが長くいるところじゃない」

課長のさとすような声で、わたしは現実に引き戻された。

気がつくと、わたしたちは遊歩道の真ん中で向かい合っていた。ぼんやりとしたあかりが課長の顔を静かに照らしている。

「そうなのかもしれません」

言葉を選びながらわたしは言った。

出身地だとか、優秀だとかそうでないとか以前に、確かにここはわたしの最終目的地ではないのかもしれない。

「でも、今はここで働きたいんです」

先のことはわからないですけど、とわたしがつけ足すと、ふう、と課長はひとつため息をついた。

「それにわたし、今、百パーセント出してます」

「それはそうですね」

課長は少し笑い、それはよかった、とひとりごとのようにつぶやいた。

「弥生さんの、好きにしたらいいです」

言い残して、先のほうへずんずん歩いていく。大きな背中が遠ざかり、角を曲がって見えなくなるまで、わたしはその場に立ち尽くしていた。

次の晩は予定通り、宴会だった。食事をすませた後で、旅館に頼んであらためてお酒とおつまみを用意してもらった。

「足りるかなあ」

マユミちゃんと沢森くんは心配しているけれど、どうみても五人分にしては多すぎるほどの量だ。食べものはともかく、飲みものが不足するという事態は起こらないだろう、というか、起きてほしくない。いろんな意味で。

それでもふたりが深刻そうにテーブルを見渡しているので、

「最悪、買い足しに行けば」

わたしが言うと、ふたりは同時にこちらを見た。

「最寄りのコンビニまで一時間かかります」

「これだから都会のひとは」

冷たい声で口々に言われては、黙るしかない。始めましょうか、と西川さんがとりなすように口を挟んだ。

各々《おのおの》のグラスにビールを注ぎあい、わたしたちは上司の音頭を待った。課長はグラスを片手に立ち上がり、

「乾杯、の前に」

そこでいったん言葉を切って、皆を見回した。

「早くして下さいよお」

情けない声を出す沢森くんを、まあまあ、と手でおしとどめ、ごほんと芝居がかった咳払いをする。

「みなさんに、グッドニュースがあります」

目が合って、わたしははじかれたように立ち上がった。

「これからも、よろしくお願いします」

それだけ言って、深々とお辞儀する。ぱちぱちぱちぱちという拍手の音を、わたしは頭を下げたままで聞いた。

♣

わたしは今日も、七時五十五分のバスに乗る。わたしの席は右側の前から三番目、ひとりがけの席だ。

「おはようございます」

高校の次のバス停で課長が乗ってきて、通路を挟んでわたしの隣に座る。

「どうですか、最近、調子は」

「はい、おかげさまで元気です」

それはよかった、と課長は微笑む。

「どうですか、いっそいい相手でもみつけて、ここに永住するっていうのは」

たとえば沢森くんとか、と言いかけるのをさえぎって、

「遠慮しときます」

わたしは穏やかに、しかしきっぱりと答える。それって相手によってはセクハラですよ、とやんわり注意してあげるのも忘れない。

ほどなくして駅前に到着すると、ロータリーの向こうに赤いジャージが見えた。

「ハヴァナイスデイ」

降りていく課長に向かって、わたしも言う。

「ハヴァナイスデイ」

両手に大きなゴミ袋を持った桃子さんが課長に気づき、道路越しに呼びとめた。言葉をかわすふたりの姿を眺めるともなく眺めながら、昨日のマユミちゃんの言葉をふいに思い出す。

「ここ最近、なにわのメニューに納豆料理が増えてません？」

納豆ピラフとか、納豆オムレツとか。

「桃子さん、うちのホームページも見てくれてるのかなあ」

「そう？」

表情を変えないように注意しながら、軽く答えた。わたしは依然として、納豆嫌いを隠し通している。

お酒を飲めないはずの課長と、ここのところ何度かなにわで出くわした。マユミちゃんにも話してみようかと思ったけれど、今のところは黙っておいてあげることにする。とっておきのニュースは、いざというときの切り札として温存しておいたほうがいい。この町の情報ネットワークは馬鹿にできない。

八時十分きっかりに、バスは出発する。

バスに追い越されながら、課長はわたしに向かって右手を上げた。わたしも手を振り返す。

窓の外はずいぶん暑そうだ。野球帽をかぶった小学生がふたり、自転車でバスとすれ違った。ななめがけに背負ったビニールのバッグの中に、タオルと水着が入っているのが透けて見える。

夏休みももうすぐ終わりだ。新しい季節が、始まる。

はるのうららの

窓の外から歌声が聞こえてくる。

目を開けたら、部屋はぼんやりと明るかった。枕もとの目覚まし時計は六時を指している。あたしは腕を伸ばして時計のてっぺんにくっついたボタンを押し、再び仰向《あおむ》けに戻った。アラームが鳴り出すはずだった時刻までまだ間がある。たまの早起きは、悪くない。けたたましい電子音のかわりに、こうしてやわらかい歌声が寝起きの耳に届くのだ。穏やかなメロディーに眠気を誘われてまどろんでいるうちに、結局はいつもの時間に起き出す羽目になってしまうことも多いけれど。

お母さんは台所で歌っている。あたしの部屋のすぐ隣だ。どちらも庭に面した窓があり、今のように暑い季節はふたつとも開け放してあるので、歌詞まではっきりと聞こえる。冬だとこうはいかない。第一、寒いし暗いし、とてもこんな時間には起きられない。

　お母さんのほうは、気温や日の長さには関係なく、ほぼ三百六十五日、六時前に食事の支度を始める。そして、歌う。

　歌の種類は日によって違う。演歌あり、童謡あり、朝の連ドラで流れる主題歌のときもある。今朝は、春のうららの隅田川、だ。もうすぐ夏休みだというのに。

　げにいっこくもせんきんのー、ながめをなににたとうべきー。

　お母さんは情感たっぷりにしめくくった後、また最初に戻って、はーるのうららの、と始めた。これはお母さんのお気に入りの一曲で、四季を問わず出番が多い。

　古めかしい歌詞の意味を、昔、お母さんは幼いあたしに教えてくれた。他のなにかに例えられないほど美しいというその光景を、詳しく説明もしてみせた。静かな川をゆったりとゆきかう舟、その上で行く手を見つめる船頭たち。櫂《かい》の先ではじけるしぶき、朝露に濡れた桜、風に揺れる緑の柳、それら全てに宿る春の陽光。まるで見てきたかのように細かく話してもらったので、あたしはてっきりお母さんは何度も隅田川を訪れたことがあるのだと勘違いしていた。東京に行ったのは一度きり、しかも一泊二日の修学旅行でありきたりの観光名所をちょこちょこと回っただけだと知ったときには、だまされたとは言わないまでも、なんとなく肩透かしをくらったような気分になったものだ。

でもそのおかげで、あたしにも、行ったことのない隅田川を思い浮かべることができる。滔々《とうとう》と流れる美しい川と満開の桜を想像しながら、あたしはそっと目を閉じる。

歌声はまだ続いている。卵焼きだろうか、香ばしいにおいがそこに重なる。


「マユミ！」

次の目覚めは、唐突にやってきた。

「マユミ！　起きなさい！」

豪快な足音とともに部屋に入ってきたお母さんは、すたすたと奥の窓まで近づいた。勢いよく開けられたカーテンの間から、すっかり高くなった太陽があたしの目を直撃する。

「早く。もうすぐ七時よ、遅刻するわよ」

お母さんは早口で言う。つけつけとした口ぶりは、さっきの優しい歌声とは似ても似つかない。

「ううん」

あたしは枕に顔を埋《うず》めたまま、返事も兼ねて低くうめいた。ピクニックの夢を見ていた。ついさっきまで、隅田川のほとりで桜を見上げていた。膝《ひざ》の上にのせたお弁当箱には、卵焼きが入っていた。

「ほら、起きなさいって」

声を荒らげたお母さんに枕を奪い取られ、あたしは渋々ベッドの上で上体を起こした。広々とした川も、立派な桜並木も、もう跡形もなかった。窓に寄り添うように生えているしょぼくれた植木の枝から、やかましい蟬《せみ》の声が降ってくる。

あわただしく身支度を済ませて食堂に入ったら、すでに食卓は半分片付いていた。我が家の朝食は六時半からだ。あたしが寝坊しなかった日は、両親と三人そろってテーブルを囲む。そうでないときは、こうしてひとり分だけが隅のお盆の上にきちんと並べられている。比率はだいたい半々くらいだろうか。

「まだ食べてないの？」

お母さんがエプロンで手を拭《ぬぐ》いながら、台所から出てきた。立ったまま日焼け止めをすりこんでいるあたしを見て、露骨に顔をしかめる。

「もう。そんなひまがあったら、ごはんを食べればいいのに」

そういうわけにはいかない。身だしなみは、基本だ。あたしは手早くリップクリームを塗りつつ、食卓に目を落とした。

朝食の献立は毎日変わらない。卵焼き、焼魚、おひたし、お漬物。納豆は全員分を大鉢に入れ、お母さんがまとめてかき混ぜておいてくれたのを、各自取り分ける。器に残された三分の一の納豆を横目に、あたしは好物の卵焼きを素手でつまんだ。艶《つや》のついた唇が台無しにならないように、がばりと口を開けて放りこむ。

「ごちそうさま」

玄関に向かうあたしを、後ろからお母さんの大声が追いかけてくる。

「七時二十五分！」

「いってきます」

振り向かずに叫び返し、あたしは靴をつっかけて駆け出した。

この町と高校をつなぐ路線バスは、一時間に一本しかこない。乗り遅れたら、悲惨だ。

バスにはぎりぎり間にあった。

正確には、いったん発車した後に、バス停のひとつ先にある信号で拾ってもらった。顔見知りの運転手さんは、バスの正面から全速力で走ってきたあたしに、いつものように情けをかけてくれたのだ。

「間にあってよかったね」

「また、寝坊?」

中央のタラップから乗りこんだとたんに、左右から声をかけられる。山あいの集落から市街まで走るバスでは、運転手だけでなく乗客も、互いに顔見知りなのだ。規則正しく乗ってくるのは、半分があたしと同じく高校や中学までバス通学をしている生徒たち、残りは会社勤めの大人たちになる。あとは、駅前のスーパーや町外れの工場に通うパートのおばさんに、病院通いらしき老人が何人か。彼らは毎朝姿を見せるわけではなく、それぞれ現れる曜日が決まっている。

「おはようございます」

あたしはなんとか息を整え、笑顔で皆に挨拶した。全力疾走のおかげで心臓がばくばくうるさいが、ここで無愛想に振舞ってしまうと後が面倒なのだ。タラップの正面に座っているたばこ屋のおばあちゃんか、そのふたつ後ろにおさまった桑田のおばさんあたりが、今朝バスでマユミちゃんと会ったんだけど、とすかさず親に通報するに違いない。なんだかすっかり雰囲気が変わったわねえ。むすっとしちゃって、挨拶もしないで。ひょっとして反抗期？　それとも、おうちでなにかあったの？

　まあ、ざっとこんなところだろう。そして、ちっちゃい頃はあんなにかわいかったのにね、と続く。さびしいわねえ。でも大丈夫、そのうち落ち着くから。うちの子もそうだったし。

　落ち着く、というのはうまい表現だと思う。

　中学の頃に比べれば、確かにあたしは落ち着いた。バスに限らずどこに行ってもからみついてくるこのご近所ネットワークに対して、むやみに反発するのをやめた。必死でテレビや雑誌の情報を集めて上京計画を練るのもやめた。似たような嗜好を持つ友達を家に呼んで田舎脱出作戦を語り合いもしないし、その話を漏れ聞いた親にたしなめられて派手に喧嘩したりもしない。

　周りの大人たちは、あたしたちの東京へのあこがれを「熱病みたいなもの」と言っている（この言い回しも、なかなかうまい）。安静にしていればいずれ治る、一過性の病なのだと。

全員が必ず罹《かか》るわけではないというのも、普通の病気と同じだ。ただし、熱が出やすい子どもには、ひとつの共通する特徴がある。

人並み以上のなにかを持っている、というのがそれだ。

才能、が一番わかりやすいだろう。勉強、スポーツ、音楽、なんでもいい。偏差値の高い国立大学に合格したり、県の代表選手になったり、コンクールで賞をとったり、そういう素質を持った子は、早くから外へ目を向け始める。広く遠い、未知の世界へ。

それから、興味のあるものや趣味にかける情熱が、度を越すのもまずい。我が子が芸能人にはまっていたり、おしゃれに夢中だったり、本や映画やお芝居なんかについて必要以上に詳しかったりする場合、親は注意したほうがいい。

世界中がインターネットでつながる時代になった。今時、本でも洋服でも、ほしいものはなんだって取り寄せられる。大都市と田舎の格差は埋まりつつある。だから、わざわざ都会に出る必要はない。全部、正論だ。でも正論に過ぎない。封切り直後の映画を劇場のスクリーンで見たい。大好きなバンドのライブに出かけて生演奏を聴きたい。流行最先端の洋服を買ったところで、着ていく場所がないのは虚《むな》しすぎる。

あとは、夢だ。野心と言ってもいい。たとえば、武道館で演奏を聴きたい、が、武道館で演奏したい、に変化する症例もある。ここでは変化というより、病状悪化と呼ぶべきか。

発症時期は、だいたい中学から高校にかけて、いわゆる思春期に集中している。たいがいは数年でおさまるけれど、中にはそのまま熱にやられてしまう子もいる。つまり、高熱にうかされたまま、東京に行ってしまうのだ。

あたしの場合は、治った、と見なされているはずだ。おそらく。

「ほら、座って」

たばこ屋のおばあちゃんが、自宅の居間でソファを勧めるような調子で、ひとつ前の空席の背もたれをたたいた。定位置になるその椅子へ、あたしは小走りに近づいた。安全第一の運転手さんは、乗客が立っている限りバスを出さない。

座ってしまうと、今まで死角になっていた最前列が、いやでも視界に入ってくる。一番前の右側、運転席の真後ろに、あたしは改めて目をやった。

もうがまんしきれない。バスに走り寄ったときにも、無事に乗りこめた後にも、ずっと気になっていたのだ。

やっぱり、見間違いではなかった。

なじみのある横顔をみとめ、あたしの心臓が大きく跳ねる。ようやく普通に戻りかけていた心拍数が、みるみるうちにまた急上昇していく。

菅野がいる。

窓枠に肘《ひじ》をひっかけて頬杖をつき、上半身を右にひねって、ガラスのきわまで額を近づけている。白いポロシャツの袖口には、あたしのセーラー服の胸についているのと同じ、校章の刺繍《ししゅう》が入っている。

ぼんやりと外を眺めているようで、しかし菅野の瞳に映っているのがのどかに流れていく風景なんかじゃないことが、あたしにはわかる。菅野はもっとずっと遠く、はるか遠くに、目をこらしているのだ。


バスは高校のすぐ前に着く。

「マユミ!」

門をくぐろうとしたら、背後から声をかけられた。振り向くと、カナが手を振りながら走ってくるところだった。

「一緒に来たの？」

追いついたカナは、鞄を揺らして前を歩いていく菅野をちらと見やり、あたしに耳打ちした。ぱっちりアイメイクを施した顔が、にやついている。

「まさか」

あたしは肩をすくめた。市街に住んでいるカナは徒歩通学で、日頃は朝礼の時間ぎりぎりに駆けこんでくるのに、こういうときに限って珍しく早い。

「えー、ほんとに？」

ただの幼なじみだと何度言っても、カナはなにかとあたしと菅野をくっつけたがる。もったいないよ、お似合いなのに、といつもうるさい。

「ほんとだって。たまたま同じバスに乗ってただけ」

実際、乗り合わせるのは久々だった。高校に入ってから、菅野は自転車通学を始めた。木々に溶けこむような深緑色の自転車で山道をすいすいと疾走していく姿はバスの窓からよく見かけるけれど、車内で出くわすことはめったにない。

「うちの近所からだと、こっちに来るのが一時間に一本だから」

「そっかあ」

カナはきれいに整えられた眉を少し持ち上げて、

「そういえば、進路票書いた？」

と、するりと話題を変えた。

みんながするみたいに、一時間に一本なの、と驚いたり、大変だね、と気の毒がってみせたりはしない。市内に住んでいる子がそうでない子に対して抱《いだ》きがちな、ちょっとした優越感を、カナは毛嫌いしている。そんなものはほんのわずかな差に過ぎないと理解しているのだ。中学で出会ったあたしたちがすぐに意気投合したのは、そのあたりの感覚が近かったからかもしれない。田舎は、田舎。カナは力強く言ったものだった。マユミ、早く本物の都会に行こうね。

「なんて書こうか悩んだよ」

と続けたカナを、あたしは見つめ返した。

「悩んだ？」

胸の鼓動が早くなる。もしかして、と思った。もしかして、カナは前もって決めていた進路とは、違う内容を記したのだろうか。

でも、カナは朗らかに言い放った。

「とりあえず、家事手伝いにしてみた」

「いいんじゃない？」

あたしも明るい声を出し、さりげなく額の汗を拭った。がっかりしたのか、ほっとしたのか、自分でもよくわからない。

「主婦って書くのも、どうかと思って」

カナは来年卒業した後、すぐに彼氏と結婚するつもりなのだ。相手は同級生で、こちらも進学せずに家業を継ぐという。

地元で知り合って結婚し、子どもを産み育て、おそらく一生この街に住み続ける——中学時代のあたしたちが絶対に歩むまいと固く決意していた王道コースを、カナは選んだ。本人いわく、愛の力には逆らえないらしい。裏切り者って呼んでいいよ、とカナは真顔で言い、あたしを絶句させたのだった。

カナの熱は、愛の力で下がったことになる。

「マユミと一緒に女子大生っていうのもありだとは思うんだけどね。でもわたしの場合は、大学で特にやりたいこともないしなあ」

裏切り者って呼んでいいよと、本当はあたしも言わなければならない。今のカナではなく、過去のあたしたちに向かって。あたしが進路票に書きこもうとしている第一志望は、東京ではなく、市内にある短大だ。

「菅野は東京だよね？」

校庭を横切って昇降口に近づいていく菅野の背中に視線を移し、カナが言った。

「知らない」

嘘だった。母親同士が親しいので、菅野の情報はうちに筒抜けだ。東京の国立大学をねらっていると聞いた。

うちの子も、急に東京に行きたいって言い出したのよ。菅野のおばさんがうちのお母さんに愚痴をこぼしているのを聞いたのは、高校に上がる直前だっただろうか。ついこないだまで、地元の大学に行って、卒業したら家を継ぐって言ってくれてたのにね。まったくどういう風の吹き回しなんだか。友達の影響かしら。

お宅はよくできるんだし、いいじゃないの。男の子だし。うちなんてねえ。お母さんは含みのある返答をしていた。腹を立てるより前に、あたしの胸はちくりと痛んだ。菅野の心変わりを引き起こした「友達の影響」に、心当たりがあったから。

中学三年の夏休み、菅野はあたしに告白した。

うちでは昔から、菅野商店、町内で唯一の酒屋に、ビールやお酒を注文している。その日、自転車で配達にやってきたのが菅野で、受け取ったのがあたしだった。ちょうど今日のように蟬がかしましく鳴いていた。あたしも菅野もばかみたいに黙りこくり、うつむいて足元の黄色いビールケースばかり眺めていた。背中が汗ばんで気持ち悪かった。

断ったのは、菅野が嫌いだったからではない。実際、あと一年遅かったら、もしくはあと一年早かったら、あっさりつきあっていたかもしれない。時期が悪かったのだ。あたしの東京熱は最高潮に達していた。頭の中は東京でいっぱいで、逆に地元にまつわるあらゆるものは、忌避すべき対象になっていた。恐怖さえ覚えた。

菅野も例外ではなかった。受け入れるのは危険だと、本能的に思った。

そんなことを、菅野に事細かに説明してもしょうがない。ただ、変に誤解させたり、思わせぶりに引っ張ったりも、したくなかった。今は東京以外のことを考えられないと、あたしは言った。

「菅野がいなくなっちゃったら、泣く子は多いだろうね。かわいそうに」

カナが頭を振った。

「そうかもね」

あたしは短く答えた。

菅野は皆に愛される。昔から大勢の友達に囲まれていたが、高校に入ったあたりから、特に人気が加速した。外見重視の女子は、はしっこく動くぱっちりした二重の目、清潔な白い歯、小柄ながらきれいに筋肉のついた体つき、といったところに魅力を感じるようだけれど、でもそれは一部に過ぎない。もっと広く、誰しもを惹《ひ》きつける一番の引力は、無邪気で快活な性格だ。菅野がいるだけで、そのクラスはなんだか生き生きする。修学旅行のだしもので歌い踊っているときも、体育祭でリレーのアンカーとして走っているときも、周囲の注目を浴びていた。本当に、器用なやつなのだ。しかもその器用さが様になっている。妙な嫉妬ややっかみとも無縁なのは、ほめられたいとか自分をよく見せたいという下心がないからだろう。天真爛漫に無意識に、才気をあふれさせている菅野の、代わりがどこにもいないと皆が知っている。

菅野は特別なのだった。上京する若者たちが持っている人並み以上のなにかを、菅野は確かに持っている。しかも、たくさん。

菅野に告白されたことを、あたしは誰にも打ち明けていない。

案の定、クラスは一日中進路の話で持ちきりだった。

　廊下の突き当たりにある進路指導室の前には、朝から机がひとつ出され、その上に小さな木箱が置いてある。選挙の投票で使われるような形の、てっぺんに細長い穴が開いた鍵付きの箱だ。夕方五時の締め切りまでに、各自がそこに進路票を差し入れることになっている。

　生徒は大きくふたつのグループに分かれていた。カナのように朝一番で提出してしまうか、あたしのようにぎりぎりまでためらうか。書類を一枚出したからといって一切修正がきかなくなるわけではないし、今日くよくよ考えたところでいきなり大きく進路が変わるはずもないのだけれど、やはりあたしみたいなぐずぐず組が圧倒的に多い。自分の行く末がここで固まってしまうように感じて、なんとなく心細いからだろう。ホームルームが終わった後も、教室にはいつもより多くの生徒が残っていた。

「マユミも早く出しちゃいなよ」

　いつまでも進路票をためつすがめつしているあたしを、カナはもどかしげにせっついた。すでに帰り支度を済ませ、髪型もメイクも放課後仕様に変わっている。おろした髪は胸の下まで届いてゆるやかに波打ち、まつげは朝よりも数段濃くて長い。

「地元に残るって決めたんでしょ？　さっさと提出して、駅前に遊びにいこう」

アイラインで黒くくっきりと縁取られた目をぱちぱちと瞬《しばた》かせ、カナは威勢のいい大声を出した。それを聞きつけたクラスメイトが何人か、意外そうな表情であたしの机の周りに集まってくる。

「マユミ、こっちに残るんだ？」

「東京なんだとばっかり思ってた」

口をそろえ、顔を見合わせている。あたしやカナのことをおしゃれだとほめてくれるときと、同じ表情だった。彼女たちになんの悪気もないのはわかっているのに、あたしはかすかにいらだってしまう。

おしゃれ、あかぬけている、趣味がいい——自分で言うのもなんだけれど、カナとあたしは同級生たちからそういう印象を持たれている。センスが問われるここ一番の勝負時に、相談相手として頼られたりもする。初デートでの服装について、バレンタインの本命チョコについて、なにを選べば「おしゃれ」なのか、意見を求められる。

日々の努力が認められているのだろう。

あたしもカナも、中学の頃から、自分たちの生活が少しでも鮮やかに色づくように、いろいろ工夫してきた。それぞれ違うファッション雑誌を定期購読して回し読み、そこに載っている情報を頭に詰めこんだ。役に立つかどうかは関係なく、隅から隅まで。季節ごとに組まれる特集で、道行くおしゃれな一般人をつかまえて紹介するという企画があり、その記事は特にむさぼるように読んだ。結果、あたしたちは流行の着こなしやヘアスタイルや化粧に、そして東京の街に、どんどん詳しくなった。雑誌の言葉を借りれば「ファッションリーダー」になった。この小さな町で。

正直、中学時代のあたしたちは、ちょっと調子に乗っていたかもしれない。平熱に戻った今となっては、あの頃のことはあまり思い出したくない。ださいね、あたしたち。

高校に入学する直前の春休み、東京への一泊旅行から帰ってきて、カナはあたしに力なくそう言った。故郷の町にたどり着き、ホームに降り立ったときだった。あたしも黙ってうなずいた。二時間に一本きりの特急電車が、単線のレール沿いに山あいへと去っていくのを見送りながら。

ここで、このちっぽけな閉ざされた世界で、ファッションリーダーになったからって、それがなに？　周りよりもちょっとおしゃれで、あかぬけていて、趣味がよくて、だからといって、それがなに？

気づいてしまったのは、幸運だったのか、不運だったのか。不思議なことに、雑誌の中身を隅々まで吸収しようと躍起になっていた以前よりも、「おしゃれ」とほめられる頻度はかえって増えた。でも、それであたしたちの脱力感が帳消しになるわけでもなかった。

あたしは進路票を裏返し、机を囲んでいる級友たちを見回した。

「ごめん、もうちょっと悩んでみる」

おどけた口調を作ってみたものの、あまりうまくいかなかったのが自分でもわかった。

「わかった」

カナがもたれかかっていた机から身を離した。あたしの顔は見ない。つられるように、他の友達も連れ立って教室から出ていった。

いつのまにか、周りには誰もいなくなっていた。廊下を遠ざかっていくカナたちの足音を聞きながら、あたしは机の上につっぷした。

五時過ぎに、教室を出た。

進路指導室に背を向けて階段を降り、靴を履き替え、バス停に向かう。毎時五分のバスは出てしまったばかりだとわかっていても、つい早足になった。一刻も早く、門の外に出たい。鞄の奥に押しこんだ進路票を見とがめられるはずもないのに、気がせいた。

バス停にたどり着き、空《から》っぽのベンチに腰かけて、あたしはぼんやり空を見上げた。からすが間延びした鳴き声を響かせている。黒い影絵になった数羽が、ぽかりぽかりと浮かんだピンク色の夕焼け雲を背景に、山のほう、つまりあたしのうちがある方角へと飛んでいく。我が家が恋しくなるような、ほんの少し切なくなるような、どちらにしてもふだんはわりと気に入っている夕方の景色が、今日はなんだかものがなしく見える。

他にも締め切りを破った生徒はいるのだろうか。明日、先生に呼び出されたり怒られたりするだろうか。われながら、つくづく往生際が悪いと思う。悩みはしたものの、さんざん考えて、ちゃんと気持ちの整理はついたはずだったのに。出さずに逃げ出したと知ったら、カナもきっと呆《あき》れるだろう。

目の前を、自転車に乗った生徒が何人か通りすぎた。部活帰りだろうか、背中にラケットを斜めがけにしていたり、前かごに大きなボストンバッグを無理やり詰めこんでいたりする。

ぬるい風を頬に受けているうちに、突然あたしは思い当たる。

今朝のバスで、調子が狂ってしまったのだ。よりによって今日、菅野にばったり出くわすなんて。本当なら、進路票なんかとっくに出して、今頃はカナと駅前でアイスでもなめていただろう。

告白の後も、少なくとも表向きは、菅野の態度は変わらなかった。あたしたちは何事もなかったかのように振舞った。そして、少しずつ、でも確実に、疎遠になった。

菅野から目をそらしてしまう理由を、最初あたしはよくわかっていなかった。

照れ？　ううん、全然違う。

幼なじみをふってしまった、後ろめたさや気まずさ？　これも違う。

告白がきっかけで、変に意識するようになってしまった？　そういうところもあるかもしれないけれど、ちょっと違う。

意識していたのは、たぶん告白されるより前からだった。熱病が去った今ならわかる。意識していた、という表現は正しくないかもしれない。無意識のうちに気にしていた、とでも言えばいいだろうか。ずっと昔から。一緒に遊んだり喧嘩したり、田んぼや畑の間を駆け回っていた頃から。

そうしてそばで過ごしてきて、ひょっとしたら、あたしは直感的にわかっていたのだろうか。菅野とあたしは違う種類の人間だと。だからたとえ将来つきあったとしても、うまくいきっこないと。中学のとき、あたしが出ていくほう、菅野が出ていかないほう、と考えなしに決めつけていたのは、皮肉にもあべこべだったことになる。

つきあっちゃえばいいのに。菅野とマユミなら、お似合いなのに。

カナや他の女友達にそう言われるたびに、あたしは心の中で言い返す。あたしたちはお似合いなんかじゃない。なにも持っていないあたしは、着々と東京へ近づいていく菅野にふさわしくない。どう考えても、全然、ふさわしくない。

菅野を見ていてつらいのは、たぶん、絶望してしまうから。あたしはなにも持っていないと、思い知らされるから。東京に行くために必要な、理由も、熱意も、なにもかも。

あたしの熱を下げたのは、菅野だ。カナの言う愛の力とは、またまったく別のやりかたで。

——だめだ。

あたしは鞄を胸に抱いてうなだれる。柄にもなく、思考がものすごく後ろ向きになっている。ここに残ろうというのは、自分で決めたことなのに。決めたからには、じたばたするなんてみっともない。

「なにしてんの」

いきなり頭上から声が降ってきて、あたしは飛び上がった。

菅野だった。深緑色の自転車にまたがってこちらを見下ろしている。

「なにしてんの？」

ぽかんと口を開けたままのあたしに向かって、菅野が繰り返す。

「バス」

それだけ言うのが、やっとだった。めまいがする。自分の頭の中が現実世界にはみ出してきたのかと思った。

「来ないじゃん」

菅野は自転車を降り、車体を傾けてベンチの横に立てかけた。あたしの隣にすとんと腰を下ろす。

「自転車」

あたしはつぶやいた。朝はバスだったのに、どうして。

「ああ、昨日置いて帰ったから。すごい夕立だっただろ」

名詞だけでも意外と会話は成立するものだ。もっとも、あたしの言いたいことを的確に察してくれる相手であれば、という条件は付くけれど。

「どうかした？　朝もしんどそうだったけど」

あれは走ってきたからか、と冗談めかして言い添える。あたしはうつむいた。軽い口ぶりの裏に隠れた菅野の心配や気遣いが、脳に直接すうっと染みこんでくるように、伝わってきてしまう。

前を向いたままで、菅野は続けた。

「地元に残るんだって？」

一瞬、かっと耳が熱くなった。三年前の夏の日が、よみがえる。

あのとき、ビールケースの置かれた勝手口で、あたしは菅野に言ったのだった。悪いけど、あたし東京に行くから、と。

どうして、と菅野は途方に暮れたように聞き返した。確か、今よりだいぶ背が低かった。当時はまだあたしと同じくらいの身長しかなかったかもしれない。

答えは反射的に口をついて出た。

かっこいいから。

菅野は顔を上げ、あたしの目をまっすぐ見据えた。そして聞いた。

東京に行けば、かっこよくなれるの?

あたしは答えられなかった。菅野の声ににじんでいたのは、非難や皮肉ではなく、純粋な疑問だった。

東京にいればかっこいいってわけじゃ、ないんじゃないの?

今にして思えば、あそこであたしは気がついたのだ。そんな素朴な問いも浮かんでこないほど、自分がのぼせあがっていたのだということに。そう自覚した時点で、あたしの病気は峠を越したのだろう。

わかっている。

東京に行けば自動的にかっこよくなれる、ここに残るのはかっこわるくてださい、その発想自体が、そもそもかっこわるくてださい。菅野やカナのように、あたしもそこから自由になりたい。

それで、あたしは決めたのだ。

「東京には、行かない」

あたしは一言ずつ確かめるように、ゆっくりと言った。

「行く理由がない」

菅野が軽くうなずいた。

「理由がないのに行っても、しかたがない」

菅野がもう一度うなずいた。さっきよりも力強く。あたしの肩から、力が抜けていく。少しずつ気持ちが鎮まっていく。

菅野がふいに立ち上がった。自転車に手をかけ、あたしのほうを振り向く。

「乗って。うちまで送ってく」

自転車の乗り心地は意外と悪くなかった。強い風があたしの憂鬱《ゆううつ》を後ろへ吹き飛ばし、家に着く頃には、驚くほど体が軽くなっていた。

そこまではよかったのだけれど、門の前で、運悪くお母さんにつかまってしまった。

「久しぶりねえ。ほんとに大きくなって」

お母さんは菅野に会えて上機嫌だった。遠慮しているのを強引に家へ招き入れ、食卓に座らせる。

「せっかくだからごはんを食べていきなさい。お父さんももうすぐ帰ってくるから、顔を見せてあげてよ。きっと喜ぶわ」

いきなり十年以上も時間を巻き戻された感じだった。喋《しゃべ》り続けるお母さんのペースに完全に飲みこまれ、あたしも菅野も口を挟めない。気まずい沈黙を持て余すよりましだとはいえ、この勢いには面食らう。挙句に、

「でもごめんね、今日はありあわせなのよ。たいしたおかずもなくて恥ずかしいわ」

などと言い出した。

「じゃあ引きとめないでよ」

さすがに割って入ったあたしを無視して、お母さんはせわしなくお皿を並べていく。

鯖《さば》の味噌煮、ポテトサラダ、きんぴらごぼう、確かに残り物ばっかりだ。

「そうとわかってたら、もっとご馳走を用意したんだけど。マユミも一言電話でもしてくれたらいいのに、ほんとに気が利かないわねえ。ちょっと、お箸と箸置き出してくれる？　お茶碗も」

あたしは仕方なく四人分の食器を準備する。菅野はあたしたち母子《おやこ》を見比べて、心もちにやにやしている。

「最近会ってないけど、お母さんも元気なの？　ほらマユミ、これ取り分けといてちょうだい、あと湯飲みも出してね。そういえばお父さんとはこないだ車ですれ違ったわよ、国道に出る手前の、ずうっと工事してるところがあるじゃない？」

お母さんはあたしと菅野に向かって等分に話しかけつつ台所へ入り、またすぐこちらに戻ってきた。右手に納豆のパックを四つ、左手に大鉢を抱えている。

「あ、やりましょうか」

菅野が腰を浮かせた。

「いいのよ座ってて、お客さんなんだから」

「お母さん、そもそもお客さん扱いできてないってば」

「いいんですいいんです、おれ、得意なんで」

「ほんと？　じゃあ遠慮なく、お願いしようかな」

渡されたパックの中身を、菅野は手際よく鉢にあけた。空《あ》いた容器を受け取って台所へと引き返しかけたお母さんが、思いついたように口を開く。

「厚かましいついでに、もうひとつお願いしてもいい？」

「今度はなんなの？」

あたしは肩をすくめた。

「リクエスト」

お母さんは菅野に向かって笑いかけ、はるのうららの、と口ずさんでみせた。

「かしこまりました」

菅野が神妙に咳払いをして、深く息を吸いこんだ。

納豆を混ぜるときに歌を歌うのがこの地域特有の習慣だと知ったのは、中学に入ってすぐの頃だっただろうか。その後しばらく、あたしは歌うのをやめた。お母さんの歌を聞くことすら嫌だった。中三のときなんて、納豆には決して箸をつけなかった。物心ついて以来、ほぼ一日も欠かさず食べ続けてきた大好物だったのに。

菅野はこれからも、歌うだろうか。東京で、故郷から運ばれてきた納豆を食べるとき、やっぱり歌うのだろうか。

「相変わらず、上手ねえ」

張りのある菅野の歌声に、お母さんはしみじみと聞きほれている。

たぶん菅野は歌うだろう。馴《な》れた手つきでくるくると納豆をかき回している菅野を眺め、あたしは思う。東京でも、どこでも、歌うのだろう。


夕食を食べ終え、菅野は家に帰った。両親は玄関まで、あたしは門まで、見送りに出た。

「あのさ」

いったん自転車にまたがった菅野は、振り返って言った。ぱたん、と背後でドアが閉まる音がした。

「東京に行く理由がないって、言ってたけど」

「うん」

門の低い柵越しに、あたしは慎重に答えた。今回は、菅野の真意が読めない。

「あれ、今はまだってことじゃない？」

「今はまだ？」

「そう」

菅野が自転車ごとこちらに向き直った。小さな門灯のあかりに、白目と歯だけが薄く浮かび上がっている。

「今はまだ行く理由がなくても、先のことはわかんないだろ？　おれだってそうだよ、今は東京に行きたいけど、将来どうなるかはわかんない。案外すぐに帰ってくるかもしれない」

ぽつぽつと続く低い声を聞いているうちに目が馴れてきて、菅野の顔全体がちゃんと見えるようになった。生真面目な表情をしている。

「うん」

あたしは一歩前に踏み出した。とても重要なことを言われている気がした。三年ぶりに、あたしたちは正面から見つめあった。

「もし東京でしかできないことが見つかったら、そしたら東京に来ればいい」

うん、と繰り返すのが、精一杯だった。

あたしが泣きそうになっている気配を察したのか、菅野はわざとらしくふざけた口調に切り替えた。

「あ、おれと一緒にいたいとかは、なしね。おじさんに殺されちゃう」

「わかってるよ」

あたしはふきだした。ついでに涙も出てきて、泣き笑いになってしまった。あわてて手の甲でごしごし目をこする。

「そう？　でもなんか、さっきのおれ、愛の告白っぽくなかった？」

あたしはぶんぶんと首を横に振った。確かにそれらしくも聞こえるけれど、これは告白なんかじゃない。応援というか激励というか、もっとりりしくたくましく、気合がこもっている。

「ねえ、でも」

あたしはおずおずとたずねてみる。

「見つからなかったら？」

「へ？」

今度は菅野が訝《いぶか》しげに聞き返した。

「だから、東京でしかできないことがもしも見つからなかったら、どうしたらいい？」

「それはそれでいいじゃん。それなら、東京に行かなきゃいい」

即答した菅野は、不敵に笑った。そして、聞き覚えのある台詞《せりふ》を口にした。

「東京にいればかっこいいってわけじゃないんじゃないの。どこにいたって、かっこいいやつはかっこいいし、かっこわるいやつはかっこわるいんじゃないの」

内容は三年前のまま、疑問符だけが消えていた。

「それにさあ」

と、菅野は続ける。

「マユは、行く理由がないっていうより、行かない理由があると思うんだけど」

あたしはまた目をこすった。菅野にはお見通しだ。

たとえば、お母さんの歌声に耳をすますこと。山や空をきれいだと感じること、納豆を美味《おい》しく味わうこと。そういうこまごまとした照れくさい物事が、たぶんここには多すぎる。

「じゃ、また」

菅野が自転車にまたがった。ペダルに足をかけ、こちらに手を上げてから、軽やかに向きを変えて車道に出ていった。

「大ちゃん、ありがとう」

あたしは思わず叫んだ。

「ありがとう。気をつけてね」

自転車はぐんぐん坂を上っていく。流れ星みたいに遠ざかっていくライトに、あたしは一心に手を振り続ける。

解説

望月旬々

僕が住む家の近くからは国道6号線という道路がのびていて、その道は、東京から北関東に進路を取るためのルートなんですけど、別名を水戸街道と言います。そう、納豆の名産地としても有名な茨城県水戸市へとつながっているんですね。

瀧羽麻子さんの傑作小説『株式会社ネバーラ北関東支社』を読むことは、日本全国いろんな国道の先のほうにある、知る人ぞ知る、秘湯につかった感じに似ています。たとえて言うなら、「こんなところに、温浴効果のすぐれた源泉をありがとう！」といった読後感です。

＊

物語は、主人公の〈わたし〉が、バス停からバスに乗り込むシーンで始まります。毎朝きっかり七時五十五分。途中の停留所からは同じ会社の課長が乗り込んできて、「どうですか、いっそいい相手でもみつけて、ここに永住するっていうのは」なんて軽口をたたいてくれるんですけど、「じゃあ、いいひとがいたら紹介して下さいね」とか基本的にはポジティブに受け答えするものの、〈もちろん、ここに根づくつもりなんてない。でも、他に行く場所があるわけでもない。そうなると、なるべくあたりさわりなくつつがなく日々の生活を営んでいくことが、わたしの目下の最重要課題なのだ。〉――というぐあいに主人公のポリシーが語られてゆく冒頭からは、ほんと、とてもよく映像が目に浮かびます。

ナレーションの時間軸はバスの運行時間に規定されながら進んでゆきます。読者もそのまま、バスに乗って、株式会社ネバーラ北関東支社までたどりつくわけです。

よくあるオープニングではあるのですが、バスを降りるときに課長がきまって言う朝の挨拶「ハヴァナイスデイ」（＝良い一日を送って下さい）に「なぜ英語……」ともうツッコミを入れないところから〈わたし〉の経歴が少しずつ詳《つまび》らかにされてゆくという筆の運びは、じつにいいですね。ちょっと前までは、東京の外資系証券会社に勤めていて、当時の上司はインド人で社長はドイツ人だったとか、二十代後半にして肩書きはマネージャーでさまざまな国籍を持つ六人の部下がいたとか、〈わたし〉はかなり仕事ができる「アラサー女子」であることがわかります。

そんな主人公が転職してきた株式会社ネバーラ北関東支社とはどんな会社なのか、についてては、そのあとの回想シーンですぐさま明らかになります。

なんと、〈健康食品の下請メーカー〉で、〈売り上げのほぼ八割を占める主力商品が納豆である〉会社だったんですね。ネバーラという社名は、納豆の〝ねばねば〟にかけているのはもちろん、「夢の国、ネバーランドの略なんです」って！

主人公は〈その意図は絶対に伝わらないとわたしは思った。〉とツッコミを入れてますけど、語感からするとネパールとか、そこに行けばどんな夢もかなうというよとゴダイゴの名曲にも歌われた「愛の国、ガンダーラ」とかに近いものがありますね。インドの北側にありそうな感じ、というか（ちなみにネパールにも納豆を食べる文化があるらしいです）。

　そしていかにも自然な流れで〈わたし〉の新しい職場（経営企画部）の同僚たちの紹介が続いてゆくわけですが、この冒頭の語り口は、なんだか奇跡的です。たんたんとした書きぶりなのに、思わずクスッとさせられますし、課長の英語好きですとか、同僚たちの誕生日ですとか、いくつかの伏線も仕込まれているんですね。はたして〈わたし〉は、いったい、どうして株式会社ネバーラ北関東支社にやってくることになったのか？

　楽しいことだけじゃなくてストレスもあふれていた都会暮らしから、〈こぢんまりとした町〉での〈ぬるい生活〉へという方向転換です。ベクトルとしては脱力志向。東京での仕事ぶりの半分以下で、家でゆったり本を読んだり映画のＤＶＤを観たり、「半身浴」さながらの日々を過ごしてます。

　のんびりすることを第一と考える〈わたし〉は、仕事や恋愛に疲れてしまったのであろうかとか、新しい職場で恋におちるのであろうかとか、いくつかの疑問を棚上げしつつ、あとは、独特の空気感が味わえる「シチュエーション・コメディー」として読み進めてまいりましょう。

それにしても、じつにチャーミングな書名じゃないですか？

作品のなかに登場する（架空の）会社の名前をタイトルにするという、素直にして大胆なネーミングセンス。なんてったって、「北関東支社」というビミョーな事業所表示が、いい味を出しています。タイトルに「北関東支社」を銘打った小説作品は、おそらく前代未聞です。日本初、というか世界初でしょう。

北関東というと、茨城・栃木・群馬の三県のことですね。東京文化圏と東北文化圏に挟まれて、しゃべる言葉のイントネーションはもちろん、微妙にして独特な文化を形づくっています。具体的な地名や場所をここと特定できるものは出てきませんが、本書の舞台が、かなりラジカルな納豆文化圏にあることは間違いなさそうです。〈納豆さえ食べていれば万事大丈夫だと信じていて、西洋医学に頼ろうとしない傾向があるらしい。患者だけではなく医者もそうで、薬と一緒に納豆を処方したりするそうだ〉と、本書で語られている納豆信仰が本当に存在するか否かについてはちょっとあれですが、なにはともあれ、納豆の生産量が日本一であるのは茨城県です。会社のなかに納豆の自動販売機が設置されている（！）としたら、株式会社ネバーラ北関東支社の所在地が茨城県の可能性は大ですね。東京まで「特急に乗れば二時間足らず」で行ける距離という設定ですから、ここで言う特急とは、スーパーひたち、もしくはフレッシュひたちのことでしょうか。いやひょっとすると、じつは栃木県が舞台で、特急はスペーシアだったりしたほうが、「秘湯のような小説」らしいかも……。

と、著者が書き込んでいない情報をあえて持ち出したうえで申し上げるのですが、瀧羽麻子さんの文章の美点は、銘柄品（ブランドネーム）などの固有名詞に頼らないところにあります。

世間（や事情通のあいだ）であこがれの対象となっている記号（＝固有名詞）を、作品のなかにこれ見よがしに振りかざすことなく、いかに素敵な世界を紡ぎあげるかというのが瀧羽さんのこだわりどころ。

本書のなかには、実際、「僕の夢は、ネバーラを一流のブランドにすることです」というセリフも語られています。〈今のようによそのメーカーのロゴをくっつけられてしまうのではなく、ネバーラの製品として皆に食べてもらいたい。ネバーラ独自の商品をいっぱい開発していきたい〉という登場人物の願いは、小説家としての著者の心構えに重なっているはず。

つまり、自分の言葉の力でオリジナルブランドを作ろうとしているということです。既成のイメージに縛られることなく、ゆるく世界を立ち上げてゆく語り口は、親しみやすく、とても心地よく感じられる――それは、著者の他の作品でも同様です。

ここで、瀧羽麻子さんのプロフィールを紹介しておきましょう。

一九八一年、兵庫県芦屋市生まれ。京都大学卒業。二〇〇六年に「まゆちゃん」で「きらら」携帯メール小説大賞グランプリ06を受賞。

二〇〇七年に、第二回ダ・ヴィンチ文学賞大賞を受賞した『うさぎパン』でデビュー。これは〈人口に対してのパン屋・洋菓子屋の数が日本全国のなかでもトップらしい〉神戸と思《おぼ》しき街で、パン好きの高校生カップルが体験する不思議なラブストーリー。

二〇〇八年に発表した単行本二作目が、本書『株式会社ネバーラ北関東支社』。

二〇〇九年には二冊上梓しています。『白雪堂』は、化粧品メーカー「白雪堂」のマーケティング部の乙女たちが、新しいブランド商品を開発しようとする物語です。既成の芸能人（の名前）を登場させることなく、巧みに物語を展開させてゆきます。

『左京区七夕通東入ル』は、今度は架空の地名をタイトルにしつつ、京都を舞台に、女子大生と理系男子の恋愛を描いた青春小説です。森見登美彦さんや万城目学さんに続く、京大生もの小説としても話題を集めています。冷凍のブルーベリー&たこ焼きという食べ合わせに、運命的な相性を感じさせられてしまう一冊です。

二〇一〇年の『はれのち、ブーケ』では、はっきりと神戸に舞台を据え、結婚式の一日という時間軸に沿って、大学で同じゼミ（地域文化論）を専攻した仲間たちが、それぞれの人生の節目を回想してゆきます。〈土地がひとを作る〉すなわち〈環境が人間を変える〉という著者のメッセージが込められています。

瀧羽さんの小説の登場人物たちには、料理や食事が好きだったり、大学院レベルの学歴をもっていたり、自転車で二人乗りしたりといった共通する特徴がありますが、恋人たちのプロポーズ（告白シーン）を描く瀧羽さんの腕前は天下一品です。ぜひ、全作品で味わってみてください。

本書に併録されている書き下ろし短編「はるのうららの」は、「株式会社ネバーラ北関東支社」に登場する〈マユミちゃん〉が女子高校生のときの話ですが、そこでは滝廉太郎作詞による唱歌「花」が効果的に使われています――〈納豆を混ぜるときに歌を歌うのがこの地域特有の習慣〉という設定からくるユーモアと、そんな日常茶飯な振る舞いがはらむせつなさを、絶妙なバランスで醸し出すものとして。

そしてあともうひとつ言っておきたいことは、『株式会社ネバーラ北関東支社』は日本ならではの納豆文化をモチーフにしてますし、タイトルも含めオリジナリティーが高いので、海外に翻訳紹介されるだけの価値ある作品であろうということですね。「ここは避難所じゃなくて戦場で、でもそれでいいと思えるようになった」といった作中の言葉がもつ意味合いの揺らぎも込みで、今こそ。

＊

僕が住む家の近くには隅田川が流れていて、その川沿いの道は、花見の名所として知られているんですけど、今年の墨堤さくらまつりはキャンセルされました。そう、東日本大震災のあとで僕らは、あと何回、誰といっしょに、満開の桜を目にすることができるのでしょうか。

国道6号線がずっと続いてゆく茨城や福島や宮城にも思いをはせつつ、こんな時代だからこそ、いつだって場所取りが絶妙で、まるで素敵な花見をさせてくれるような瀧羽麻子さんの小説を読んで、心を温めてゆくことから始めるのもいいかもしれないなと思う今日この頃です。

——書評家

この作品は二〇〇八年二月メディアファクトリーより刊行された『株式会社ネバーラ北関東支社』に書き下ろし小説「はるのうららの」を加えたものです。

JASRAC 出1104842-608